고은 깊은 곳

고 은 · 김형수 대담

아시아

깊은 곳

고은

고 은 · 김형수 대담

아시아

책머리에

《경향신문》에 연재했던 대담 『두 세기의 달빛』을 출간한 것이 5년 전이었다. 이번에는 계간 《아시아》의 요청으로 고은 선생님을 만났다. 이미 한 세상의 상징이 된 분과 이렇게 담화를 나눈 감회를 몇 마디로 표현하기는 매우 어렵다. 아스라이 먼 길을 따라 걷는 입장에서 선생님의 자취를 여쭙는 내내 그 파동이 울려나오는 곳에 얼마나 닿고 싶었는지 모른다. 제목을 『고은 깊은 곳』으로 붙이게 된 이유이다.

근대는 소위 '자아'니 '타자'니 하는 주체의 윤리 문제에 집착했던 시대가 아닌가 한다. 그 속에서 대부분의 지식인들은 동서고금의 텍스트들을 들추어 화두를 찾아내고 그로부터 자기 사유를 개진하기에 여념이 없었다. 그에 반해 고은 정신은 끝없이 세계의 원본과 마찰하면서 문명과 체제의 반대편을 유랑한다. 시인이 바람과 별빛과 사람의 숨결에 접촉하면서 남겨놓은 이슬 같은 낱말들이야말로 한국의 감수성이 지상에 미치는 파급력이 결코 작지 않음을 역설하는 물증임이 분명하다. 그래서 나는 이 대담이 한낱 명사의 한담(閑談)이 아니라 고은 특유의 현란한 상상력과 아포리즘이 가득한 '말의 춤'을 선보이는 구변(口辯)문학의 향연으로 받아들여지기를 바라게 되었다.

모든 언어에는 불가피하게 술회하는 자의 주관이 담기게 마련이다. 어떤 사물이나 광경을 바라보는 하나의 시선이 탄생해야 소위 '시점'이라는 것이 확보되는 탓이다. 그곳에서 때로는 우상화나 명예훼손의 위험이 발생하기도 한다는 점을 전제로, 내가 질문자로서의 의지를 보였던 영역은 크게 두 가지였다.

하나, 국내외를 막론하고 '인간 고은의 생애'를 읽고 싶은 분들에게 필요한 실록이 되게 할 수는 없을까? 그래서 생의 뜨거운 부분만을 특화시키거나 반대로 중복을 피하고자 이미 알려진 대목을 빠트리는 게 아니라, 되도록 이 한 권으로 고은 생애의 조감도를 얻을 수 있도록 인생사 전반을 묻고 들으려 했다. 간혹 빈 곳이 느껴지면 다시 물어서 보충하기도 했다. 특히 국제사회로 활동무대를 옮긴 후의 이야기들은 좀처럼 입 밖에 내놓지 않으시던 것들이다.

또한 문학의 길을 가는 후학들을 위한 배려로써 고은 정신의 약도를 그려보고 싶었다. 시간과 공간, 존재와 소멸, 일상과 영원을 넘나드는 구술을 통해서 이 놀라운 시적 영혼이 어떻게 형성되어 무엇을 내포하고 있는지, 또 그것들이 동시대적 감수성이나 후속 세대들의 가치관에 어떠한 자극을 주며 어느 지점에서 충돌하는지를 드러내고자 노력했다.

그러면서 느낀 점은, '미지의 장소에의 본능적 모험'이 고은 의식의 본질인즉 이는 특정 국경이나 대륙 같은 공간만을 의미하는 것이 아니라 먼 옛날과 먼 훗날을 포괄하는 것이라는 점이다. 하지만 거기에 오늘의 세계와 대결하는 바가 무엇인지, 당대 문명과 어떻게 길항하는지가 아로새겨진다는 데 고은 언어의 묘미가 있는 게 아닌가 한다. 입만 열면 쏟아져 나오는 예측을 뒤집는 영감, 감탄을 유발시키는 표현들은 흔히 네 개, 다섯 개에 이르는 수사적 비약들을 대동하기 십상이다. 간결한 촌철살인조차 현란해 보이는 것은 그 속에서 끝없이 유와 무, 나타남과 사라짐이 명멸하기 때문일 것이다.

미지의 어둠을 향한 직관과 예감이 쉴 새 없이 작렬하는 이 대담집이 아무쪼록 고은 시인의 깊은 곳에 닿는 길 안내가 되기를 바라는 마음 간절하다.

2017년 9월 김형수 씀

차례

고은 깊은 곳 3 2016년 겨울

고은 깊은 곳 4 2017년 봄

한국작가회의 40주년 회고담 2014년 7월

2016년 봄

고은 깊은 곳 1

내 미래학은 미지학이라네

김형수　선생님! 계간 《아시아》의 대담에 응해주셔서 감사합니다. 독자들 중에 외국인이 있다는 점을 감안해주셨으면 합니다. 먼저, 이야기를 이렇게 시작할까 합니다. 저는 언젠가 "고은을 '지성사'가 아니라 '한국 야성사'에서 읽어야 한다."고 쓴 적이 있습니다. 올해로 시력 58년을 '무엇을 따라서' 혹은 '누구와 함께'가 아니라 '자신의 그림자'와 함께 걸어왔기 때문입니다. 그래서 종종, 고은은 어떤 시인입니까, 묻는 분들을 만나요. 이 질문을 선생님께 돌린다면 어떻게 답변하시겠습니까?

고 은　살아가는 동안 갑자기 문이 콱 닫혀버리는 듯한 질문 몇 개를 받는 경험이 누구에게나 있을 것이네. 너는 누구냐는 이 터무니없고 또한 궁극적인 질문도 그런 폭력의 질문일 것이네. 나무 잎새한테 물어보게. 길을 가로지르는 개미행렬 끝의 한 개미에게 물어보게. 초승달에게 물어보게. 물어보는 자와 그 질문의 대상이 함께 바보가 되고 말 것이네. 그러므로 이런 삼라만상에의 질문이 불가능한 것과는 달리 오직 인간만이 기괴하게도 시시콜콜 질문을 하기 까지 진화했는지 모르겠네.

김형수 이 시대의 상식 속에 '시인 고은'이 있습니다. 마치 천 개의 강에 비친 달처럼 선생님은 많은 기억들 속에 국민시인의 모습으로, 혹은 저항시인, 또 파계승의 모습으로 들어 있지만, 그 모두에 관통되는 모습 또한 있을 게 사실입니다. 사람들은 강에 비친 달이 아니라 원본으로서의 '달'을 보고 싶어 하는 것입니다.

고 은 우선 나는 나 이전의 미지가 미래의 그것 이상으로 무척이나 궁금하다네. 내 미래학은 미지학이라네. 아주 오래된 엘람 수사의 선사 토기에 그려진 새 장식은 그 뒤의 수메르 초창기 상형문자에서 새의 상형문자와 닮아 있네. 그러므로 기원전 3,600년경의 수메르 쐐기문자도 훨씬 앞선 그 이전의 그림을 축약한 것이 되는 것이지. 그럴진대 어떤 태고의 문명 흔적도 반드시 그 이전의 어떤 문명의 적자이거나 사생아일 것이네.

김형수 저의 시야를 단숨에 우주의 복판으로 옮겨다 놓으셨습니다.

고 은 T. S. 엘리엇의 시던가 어디선가 '끝의 처음'이란 것이 있네. 모든 시작은 어떤 것 다음의 시작이라는 뜻이겠네. 시작은 옛날 옛적의 무시간이나 현재의 시제(時制)에도 불구하고 영구히 안갯속이네. 이 같은 인류문명의 전생(前生) 소급이나 시작의 과정성을 통해서 역사는, 역사와 동행하는 시간은 그 현재를 정의하면 할수록 깊은 오류에 빠질 수 있다네. 어디 이런 세계 사상(事象)의 차원만이겠는가. 내가 규정할 수 없는 나 이전의 무한과 나 이후의 무한 사이의 그 나라는 극대는 해명 불가의 영역인지 모른다네.

김형수 하나의 목숨에도 수억 년 동안 쌓여온 상처의 역사, 억압과 긴장 등 생명의 내성(耐性) 현상이 축적되어 있는 거겠지요? 그것은 과거뿐 아니라 미래를 향해서도 마찬가지일 테고요.

고 은 도대체 어느 때, 어느 곳의 나를 나라고 붙잡고 늘어지겠는가. 어머니와 아버지의 어느 날 밤 수억 마리 정자 중의 한 마리가 수많은 난자 중의 한 난자와 우연히 합일됨으로써 생겨나기 시작한 이 우연한 묘경(妙境), 그것이 나인가, 지금의 한국시인 아무개가 나인가, 1천 년 뒤 아무도 모를 그 무관심의 화석이거나 바람 한 줌이 나인가.

김형수 남한강은 강원도 태백 금대산에서 샘솟아 정선 임계를 지날 때는 임계천이며, 아우라지를 지나면 조양강이고, 이후 동강, 남한강을 거쳐서 서해로 빠져들 때는 한강입니다. 하지만 그걸 사람들은 남한강이라 부릅니다.

고 은 10여 년 전 내 『만인보』가 축약판으로 프랑스어로 번역되어 나왔을 때 그 해설부문에서 질문자가 '당신은 누구냐'라는 첫 질문이 있었네. 그때의 대답 서두가 생각나네. 하하하 하고 웃어버린 것이네. 그리고 이어서 입을 연 장광설은 다 잊어버렸다네. 내 선시집(禪詩集) 『뭐냐』에는 첫 시로 '메아리'가 있네. 해외에서 꽤 많은 관심이 모이는 시인데 다음과 같아.

저문 산더러
너는 뭐냐 뭐냐 뭐냐 뭐냐 뭐냐……

누가 저물어가는 산의 연봉을 향해서 너는 뭐냐 라고 외쳤을 때 그 소리의 메아리가 산들의 다중(多重) 원근법에 따라 점점 작아지다가 끝내는 그 소리가 사라지는 광경이 그려진다네. 그렇다면 질문이 없어지므로 끝내 궁색한 대답이 나올 이유도 없어지네. 그래서 질문과 대답 따위의 너와 나라는 것이 소실점 저쪽으로 가버리게 된다네. 의미의 무의미이지. 자아의 무아이지. 유의 무이지. 모든 실재의 부재이지. 요컨대 근대의 자아라던가 근대의식이라던가 관념 일체가 우주 속의 한 가련한 외재적인 허구의 쓰레기로 되기 십상이지.

김형수 '나'라는 자아는 우주의 주체도 아니고 세상의 원점도 아니다, 사회화 과정에서 상처 받고 상처 주면서 구성된 하나의 허상에 지나지 않는다, 이런 말씀이신지요?

고 은 이제 자아는 지극히 본능적이며 주술적인 회의의 대상이네. 한자에서는 아(我)의 낮은 단계에서 오(吾)의 단계로의 승화 지향이 있지. 기껏 나는 나의 그림자이기를 바란다네. 아니, 나는 나라는 귀신인지 모른다네.

김형수 불가(佛家)에서는 사람들이 바다로 알고 있는 파도, 즉 바다의 거품을 해인(海印)이라 합니다. 생의 모습도 존재 자체라기보다 존재가 일으킨 거품들, 그 색신(色身)이 빚어낸 파문들인 경우가 많습니다. 하지만 하나의 목숨 위에서 출렁거렸던 파도였는지, 휘몰아쳤던 바람이었는지 모를 적막과 소란, 탄생과 이별, 사랑과 죽음을 '생'이라는 개념 속에 담지 않으면 위대한 삶이라곤 하나도 없게 됩니다.

고 은 그런데 자연법이든 관습법이든 그런 규범만으로 살 수 없는 현세의 실정법의 의미로는, 몇천 년 이래 중앙아시아 카스피해쯤에서 내 전생의 원경(遠景)이 펼쳐졌고 그 뒤의 여러 생을 지나서 동북아시아 한반도의 한 두메에서 1933년 여름에 태어난 부침이 잦은 농가의 한 병약한 아이였네. 8월 1일의 탄생일로 보아 점성학의 사자자리에서 내려왔으나 그런 하늘의 이미지와는 다른 요령부득의 10대를 식민지 시대의 체제에 부응했네. 내 일본 이름은 다카바야시 도라스케(高林虎助)였네. 이름 역시 호랑이가 들어있어서 내 이름은 난데없는 것이었네. 그리고 나는 모국어인 조선어를 금지당하고 낯의 일본어로 자랐네.

김형수 창씨개명된 이름이 어떻게 '일제에게 존재를 압류당한 기호'가 되는지를 선생님처럼 실감나게 전해주는 분은 없습니다.

고은의 시적 근원에 자리한 존재의식

고 은　1945년 8월 15일은 나에게는 정치로서의 해방, 조국 광복이나 민족해방이기보다 모국어해방이었네. 나는 일제강점기에도 밤의 머슴방에서 한글을 배웠고 낮의 서당에서 한자 논어 맹자를 외워대다가 일본인 교장과 일본인 교사가 있는 국민학교(지금의 초등학교)에 들어간 것이네. 해방 직후 교실에서 한글을 아는 아이는 나밖에 없었지. 그만큼 식민지 전시교육은 철저했다네. 그 식민지 전반기까지 정규수업이었던 조선어 시간이 그 뒤 없어지고 일본어가 국어로 되었네.

김형수　오늘 듣고자 하는 요지가 선생님의 시적 근원에 자리한 존재의식에 관한 것입니다. '국어' 이야기를 자세히 듣고 싶습니다.

고 은　이렇게 된 배경이 있네. 일본의 메이지유신 이래의 서구화 과정에서 영국모델은 독일모델보다 한 수 아래였어. 지금도 자동차 운전석이 오른쪽인 것은 영국을 그대로 따르고 있지만, 그러나 법률도 의학도 무엇도 거의 다 독일의 것에 그대로 충실했지. 더구나 일본은 뒷날 독일, 이탈리아와 3국 동맹을 맺은 형제국이었네. 1938년부터 1년간 독일 철학자 에두아르트 슈프랑거가 동경제대 초청으로 일본에 왔어. 이 사람은 생의 철학자 딜타이의 수제자였는데 그가 일본열도의 각 제국대학 순회강연 뒤 조선의 경성제대(지금의 서울대)에서도 강연을 했네. 그런데 식민지 현지에 와서 조선어 수업도 하고 조선어를 구애받지 않고 사용하는 조선인 사회를 목격한 뒤 그는 총독부 간부에게 충고했네. 식민지 언어를 그대로 허용하고 무슨 식민지 정책이냐, 이것은 식민지 정책의 실패다 라고 지적했지. 그는 일본에서 정부 문부성 총서 시리즈 『문화철학의 문제』라는 저술도 이와나미 쇼텐(岩波書店)에서 출간한 사람이네. 이 충고 뒤 조선총독부는 친일귀족 현영섭 부자를 시켜 탄원서를 내게 했지. 조선어는 낡은 시대의 언어이고 일본어는 새 문명의 언어이니 낡은 언어문자를 없애달라는 요지였어. 물론 이에 앞서 일본도 이런 사실을 깨닫고 있었네. 그래서 1936년 미나미라는 총독이 선임하자마자 창씨개명과 일본어 사용을 획책하기 시작했네.

김형수 『두 세기의 달빛』(2012, 한길사) 때 '자연'과 관계되지 않은 것은 '전통'이 아니라고 했던 말씀이 떠오릅니다. 인간의 언어생활을 인위적으로 강제하는 것도 전통 단절이요 제도 폭력입니다. 그것이 일상도 바뀌게 했겠지요?

고 은 아침 조회시간 벽두에 동쪽의 일본 천황 궁성 방향으로 배례를 했네. 낮에는 묵념을 바쳤네. 그리고 일본 이름으로 일본어를 국어로 배웠어. 1945년 여름 이후 내가 만난 모국어와 세종의 문자가 내 운명의 복권(復權)이었지. 나는 내 모국어이기도 하다네. 5백 년 뒤 사어(死語)가 될지도 모를 언어의 멸종 시기를 앞둔 나에게 내 모국어에의 헌신은 곧 나의 삶이라네.

김형수 아, 선생님의 정체성은 '존재와 언어의 통일'을 전제로 성립된다는 말씀이군요?

고 은 너는 누구냐는 질문은 더 이상 추상적일 수 없다네. 나는 나의 말이고 나의 글이네. 그리고 나의 말과 글을 잃어버리는 그 치매의 소실이 나의 내일일 것이네. 나는 지난가을 파리 국립미술원 미학 심포지엄의 기초연설에서 '나는 …이다(I am …)' 라는 주어진 담론을 '우리는 …이다(We are …)'로 바꾸었네. 그리고 승려 시절 내 선방 공안(公案)이었던 그 동화 같은 화두로서 묻자마자 소리치는 그 할(喝)이나 대답하자마자 몽둥이질을 하는 방(棒) 따위도 사절하겠네. 나는 나인가 무엇인가라는 도식의 질문으로라면 그렇네, 나는 무엇이네! 무엇이 나라네! 과연 미래 사회에서는 인간은 조립될 것이네. 내일의 유전공학을 예상해보세. 귀신이 나일지 모른다네.

김형수 이 디지털 인류도 ID랄까 혹은 아바타랄까 하는 인격 상징물 때문에 고생할 거라는 생각이 떠올랐습니다. 옛 현자들이 허상을 깨뜨리려 한 이유가 실감나는 시간입니다.

고 은 뱀은 여름 끄트머리에 제 허물을 벗어 남겨두고 긴 겨울잠의 세월 속으로 사라지네. 예로부터 이런 것으로 영겁회귀를 이끌어내기도 했네. 또 뱀의 아가리가 뱀의 꼬리를 물어서 하나의 원을 만드는 도형(圖形)으로 영구순환의 불멸을 염원하기도 하지.

김형수 원불교의 일원상 같아요. 송기원의 구도소설 『청산』에 나오는 도인은 천변만화하는 자연의 상(像) 밑바닥에 있는 것을 '춥고 쓸쓸한 곳'이라 하던데요. 고은 상(像)의 밑바닥에 있는 '영겁'을 무엇이라 할까요?

고 은 나에게서 시를 빼앗으면 나는 뱀 허물이고 거미줄에 걸린 죽은 풍뎅이 껍질이지. 내 묘비에는 내 이름 대신 '시'라는 한 자만 새겨질 것이네. 그리고 그 아래에 (1933~)이 작은 글씨로 새겨질 것이네.

김형수 '출'은 있는데 '몰'은 없는 겁니까?

고 은 시는 사망연도가 없기 때문이지. 시는 먼저 내 신체이네. 그 다음이 가엾은 혼인지 뭔지 일 것이네.

김형수 인간의 첫 기억은 생애의 비밀을 풀어갈 열쇠로 보입니다. 선생님의 회상 속에서 가장 오래된 것은 유년기에 집이 불타던 장면이 아닌가 합니다.

고 은 그렇다네. 화재의 그 격렬한 광경이 이 세상에 온 나의 최초의 기억이라네. 톨스토이가 네 살 때를 기억하거나 김시습이 5세 신동이라거나 하는 경탄의 대상에서 아득히 멀리 있는 기억력이 나의 삶에 동행하고 있네. 이문구가 나를 5세 신동에 견주며 어쩌고 한 것은 김시습 경우의 이입(移入)인지 모르네. 내가 다섯 살 때라는 것도 뒷날 집안 어른 중의 누가 확인해주어서 안 것이겠지. 하지만 그 불에 대한 첫 기억은 그야말로 불도장[火印]처럼 뚜렷하게 내 등짝에 찍힌 불자국처럼 여실하다네.

김형수 그때의 광경을 아직도 마음의 그림으로 간직하고 있는 거네요?

고 은 내 전5권 대담집 기획의 『두 세기의 달빛』 제1권에서도 이 사실을 말하고 있네. '그 기억은 아직까지 잘도 기억하고 있네' 라고 메타기억을 내세웠지. 아마 늦가을의 어느 날 밤이었을 것이네. 몸채 네 칸은 뒤란의 대밭 밑에 자리 잡고 있었지. 부엌과 큰방, 가운데 방은 마루방이었지. 대청이라고도 하지. 그리고 갓방은 거기에 잇대어져 있었어. 그 갓방이 바로 내가 태어난 방이야. 큰방은 할아버지 할머니의 거처였고, 아침저녁 식구들의 밥상이 드나드는 방이기도 했지. 그리고 대청은 쌀독이나 허드레 농짝 따위가 있었고 여름에는 앞뒤의 문을 열어 바람이 통하게 했지. 갓방은 이 집안의 장남인 아버지와 어머니의 거처였어. 그런데 이 갓방 아궁이는 울을 쳐서 아늑한 간이부엌이 되었고 땔감이 가득 쌓여 있었어. 어머니가 밤늦게 군불을 때는 중에 갑작스러운 산내림 바람이 굴뚝을 타고 방고래를 통과해서 아궁이로 나오는 역류를 일으켜 그 불땀이 아궁이 앞의 땔감에 가서 붙어 불길이 걷잡을 수 없게 되었어. 어머니가 화상을 입지 않은 것만도 다행이었지. 어머니가 무사한 대신 우리 집 네 칸은 불길에 싸여버리고 그 뒤의 대밭까지 불길이 번졌어. 나는 고모의 등짝에 업혀서 그 어마어마한 불길을 다 보고 말았어. 고모는 엉엉 울었고 나는 울 줄도 모른 채 내 다섯 살 동심으로는 감당할 수 없는 사태를 감당한 셈이지. 다음날 집과 대숲은 시커먼 폐허가 되었어. 간밤 물동이로 논물과 우물물을 떠 와 불을 끄는 마을 사람들의 광경과 함께 다음날 시커먼 잿더미에서 숟가락이나 놋그릇 따위를 찾아내던 광경이 지금도 기억 속에 박혀 있어. 몸채와 따로 있던 별채에는 단칸방과 부엌이 있었는데 그래서 그 별채에서 할아버지, 할머니, 아버지, 어머니, 두 고모가 함께 기역자 니은자로 자고 깨야 했지.

집 없는 정신의 탄생

김형수 자그마치 80년 된 기억을 그토록 자세히, 또 그토록 생생하게 간직하고 있다는 것이 놀랍습니다. 저는 꽤 상징적으로 들립니다. 선생님의 '폐허'란 '불타는 집 한가운데서 피어오른 정신'이라 할까요? 진창에서 자라는 연꽃 같아요. 예컨대 선생님이 '잿더미'라고 말할 때 그 잿더미에는 선생님의 생애에서 유일하게 온전했던 거점이 숨어있는 것 아닙니까?

고 은 어쨌든 내 첫 기억 속에는 그 화재와 화재 뒤의 폐허가 박혀 있다네. 그리고 1950년대 고향의 항구와 조국의 여러 곳이 폐허가 된 전후 생존자로 산 것이네.

김형수 '집을 잃은 정신'이 탄생한 거죠.

고 은 아니 1959년인가 내 첫 시집 『불나비』 원고가 서울 와룡동 인쇄소에서 인쇄 중일 때 그 인쇄소 화재로 몽땅 소실되어 버린 일이 있었다네. 원고를 한 벌만 써둔 것이어서 몇 편 말고는 다 없어졌네. 그래서 1960년에 나온 첫 시집 『피안감성』은 사실은 두 번째 시집이었네. 공초 오상순이 그 시집 서시(序詩)로 「불나비」를 썼는데 그것은 공초시집에 실려 있네. 이 같은 화재의 기억과도 연관되는 것인지 내 체질은 상반신의 화기가 하반신의 수기(水氣)와 잘 조화되지 않을 때가 있다네. 그래서 선의 화두 추구가 단전(丹田)으로 모이지 않고 머리에 모아져서 '화두꽃'이 피어 두피의 종양으로 사경을 헤맨 적도 있다네.

김형수 삶은 물리적인 것과 영적인 작용이 함께합니다. 대부분의 식자들은 물리적인 것만 일목요연하게 정돈하거나 영적인 작용만 허황하게 늘어놓습니다. 선생님의 언어가 마술적인 것은 그 둘이 언제나 한 몸에 깃들기 때문이 아닌가 합니다.

고 은 기억은 상상에 속하는 잠복기 말고 그것에 거역하는 또 하나의 유전자를 낳는지 모른다네. 하지만 기억은 어디까지나 객관이 아니네. 그것은 가공되는 것이네.

김형수 시를 알게 된 건 언제입니까?

고 은 1947년 일본인 중학교가 조선인 중학교가 되었을 때 한국어로 된 중학교 1학년 국어교과서에서 나는 처음으로 시를 만났네. 그 전 서당 학동 시절 훈장이 읊는 『시경』의 국풍이나 시조 창(唱)의 소리를 듣지 않은 것은 아니지만 '시'라는 것이 명백하게 나에게 박힌 것은 중학교 1학년 교실에서였네.

김형수 처음 대면한 작품을 기억할 수 있습니까?

고 은 이육사의 「광야」가 교과서에 실려 있었네. 이 시 속에서 커다란 시간, 닭 우는 소리도 없었던 그 머나먼 과거라는 시간을 알게 되었네. 그리고 제목 자체가 말하는 커다란 공간인 '광야'야말로 마을이나 38선 이남의 남한이나 십 리 길의 통학도로 따위가 아닌, 내가 알지 못하는 공간이었네. 또 거기에 등장하는 인간도 보통 인간이 아니라 '초인(超人)'이네. 그것도 백마 타고 달려오는 인간 초월의 인간인 것이네. 뒷날 니체의 위버멘쉬도 짐작하고 인도철학자 오로빈도의 초인사상 그리고 20세기 초 이탈리아의 국민시인 단눈치오의 초인론 따위를 만나고 동양의 도인상(道人像)도 접촉한 바 있지만,

한 농촌 자연부락의 소년인 나에게 그런 커다란 인간이 시 속에 들어 있다는 사실은 전율이었네. 그리고 무서웠네. 시라는 것은 그렇게 나의 세계에 있을 수 없는 것이었네.

김형수 선생님의 어릴 때 별명은 암사내였습니다. 이육사라는 광활한 수컷의 육성을 만난 것은 실로 경이로운 충돌이었을 것 같습니다. 최초의 타자 발견 아닙니까?

고 은 어쩌면 김소월이나 한용운의 님 노래를 만났다면 시와 나 사이의 원거리는 생겨나지 않았을지도 모르지. 나는 미술부에 들어갔는데 미술부 학생들은 정규수업이 끝난 뒤 방과 후에 미술실에 들어가 그림을 그리다가 집으로 갔네. 나는 제1회 교내미술전에서 1등 상을 받기도 했어. 나는 방과 후 내내 미술실에서 수채화를 그리다가 늦게야 4킬로미터의 귀로에 나섰네.

김형수 그림, 글씨, 일상적 의상, 모자 등까지 선생님은 시각예술적으로 매우 남다른 감각을 가지셨어요. 사진에서 보면 어떤 집단 속에 끼어 있어도 주인공으로 보입니다. 그렇다면 시에게 가는 오솔길이 따로 있었다는 얘기인데…….

고 은　해가 진 어느 날 어둑어둑한 길 가녘에서 뭔가가 빛나고 있는 듯했어. 달려갔네. 책이었어. 시집이었네. 그 시집이 바로 『한하운시초』였다네. 해방 뒤이기는 하지만 그 시집은 코팅이 되어서 표지가 반짝였던 것이네. 누군가가 사 들고 가다가 분실한 것이었지. 그럼에도 나는 누군가가 나에게 그 시집을 준 것이라고 생각했네. 그것을 가지고 집에 가서 읽고 또 읽었어. 울고 울었어. 새벽 2시 무렵에 나는 나에게 맹세했네. 나도 한하운처럼 불치병에 걸려 이 세상을 떠돌 것이다, 나도 한하운처럼 떠도는 시를 쓸 것이다. 그러나 이 맹세는 몇 달 뒤의 6·25사변으로 연기가 되고 말았지.

김형수　선생님의 태도는 언제나 전면적입니다. 저항시 「화살」이 늘 몸속에 담겨 있었던 겁니다. 순정이 존재를 끌고 가는 성품이니까요. 그로 인해 전쟁 때 얼마나 상처를 입게 될지 미리 가슴이 아픕니다.

고 은　그 인공 3개월을 전후해 우의 학살 좌의 학살 다시 우의 학살이 보복을 거듭 진행되는 피의 고향에서 나는 살아남았네. 한국전쟁의 결정적인 전환점인 '인천상륙작전'을 앞두고 맥아더는 양동작전의 속임수로 한반도 동쪽 울진 일대를 폭격하고 서쪽의 군산항을 공군 폭격과 함포사격으로 폐허를 만들어 버렸어. 그 뒤로 오랜 농경사회의 인간 품성이 좌와 우의 이념 충돌에 흡수되어버린 채 인간의 야만성을 여지없이 드러냄으로써 '인간의 폐허'도 내 청소년의 심신에 찍혀 버렸네.

김형수　지금 말씀하시는 대목이 훗날 비평가들이 자주 놓쳤던 지점 같습니다. 한국 사회에 '시인 고은'의 이름이 알려지기 시작할 때 작품 어디에도 드라마틱한 식민지 체험과 전쟁, 분단이 찢어놓은 흔적은 없었으니까요.

고 은　여기에 시나 예술이 끼어들 까닭이 없었어. 그 처참한 죽음은 곧바로 내 몸에 감염되었네. 나는 허무와 죽음의 세계만을 나의 세계로 삼았네. 이런 상황에서 집을 뛰쳐나가게 되었고 입산했고 몇 번째 자살미수를 거듭했지. 이 과정에서 나는 뭔가를 쓰기 시작한 것이니 그것이 시와의 해후이겠네. 예감은 없었어. 예감 따위를 생략하고 맨몸으로 맨손 맨발로 시인이 되어버린 것이지.

이념적 우상들을 박차다

김형수 셀 수 없이 많은 체제와 이념들이 '고은'이라는 정신체를 흔들어보고 갔습니다. 어려서부터 봉건제적 삶, 제국주의 압제, 우익 자유주의, 좌익 혁명노선들이 차례로 피바람을 일으키면서 밟고 간 것 아닙니까? 그 모든 이념적 우상들을 냉소하게 된 존재의 원점에 서서 식민지 경험을 일갈한다면 어떻게 말할 수 있을까요?

고 은 식민지 시대의 삶에는 필연과 우연이 들어 있네. 그 침략 체제에 맞서는 삶은 역사의 필연에 속하는 삶이지. 이를테면 김구가 한 지역 무명의 청년으로부터 민족의 표상을 시작하는 것이 그렇다네. 그러나 식민지 중기인 1933년 여름은 이미 식민지 체제가 본격적으로 진행되는 시기여서 피지

배인구 1,900만 중의 한 생명체로 태어난 나에게 식민지라는 세상은 내가 살아가야 할 세상이기보다 내가 살아지는 우연이었네.

김형수 먼저 태어나거나 조금 늦게 태어났어도 삶이 달라졌을 거란 말씀입니까?

고 은 그럴지도 모르겠네. 어쩌면 할아버지 세대로 태어났다면 나는 대원군 시대 전후 조선 말기의 그 가망 없는 일몰의 왕조 백성이었을 것이고 아버지 세대로 태어났다면 대한제국이 막 없어지는 통감부 시대, 총독부 시대의 초기에 지극히 부자연스러운 삶으로 어떻게 살아야 하나의 고민 따위도 무효인 그 허망 허탈의 삶을 식민지 하층민으로 살았을 것이네.

김형수 선생님은 유일하게 한문과 일본어와 한글을 동시에 잘하지 않으면 안 되었던 세대를 살았습니다. 가령, 시인 신동엽은 1930년생인데 일본어로 독서를 했고, 그 아내 인병선은 1935년생인데 공부를 잘했지만 일본 서적을 독해하지 못했다고 합니다. 언어라는 게 단지 학문 하나가 아니고 곧 세계 아닙니까? 그 혼용 과정을 듣고 싶어요.

고 은　실제로 내 어린 시절의 고향 마을은 조선왕조 시기 그대로 청소년들이 긴 머리를 땋아서 등 아래로 늘어뜨리고 다녔다네. 일상생활이 조선 시대 그대로였어. 식민지 초기 내가 서당에 다닐 때도 나이 많은 학동은 9세인 나보다 훨씬 많은 17세, 18세의 조혼 유부남들인데 미혼일 경우는 긴 머릿단을 잘라낼 수 없었지. 보통학교(소학교), 고등보통학교(중등과정)의 수업 시간도 조선어 시간과 일본어 시간이 병행했었지. 내가 8세가 되자 아버지는 나를 앞산 선산의 증조 고조 등의 조상 산소에 데리고 가서 재배를 시켰어. 이로부터 당신들의 자손이 문자(한자)를 배우게 되었으니 기뻐하소서 하고 신고하는 의례였네. 다음날 나는 백수문(白首文) 1천 개의 한자로 된 사자성어(四字成語)라는 중국 구문(構文)의 그 오래된 교과서를 아버지한테 받아서 재 넘어 서당에 갔네. 서당의 늙은 훈장은 아침부터 반주(飯酒)로 취해 있었어. 이런 방식도 조선 시대 그대로였던 것이네. 그러다가 일제 식민지 후기인 1940년대에 오면 일제는 한반도를 전시체제 지배로 한층 더 억압 통제하게 되지.

김형수　일제에게 언어생활을 강제당하기 시작한 것은 언제부터입니까?

고 은　내가 국민학교에 입학한 1943년은 식민지 교육도 전시교육체제였네. 마침 내가 1학년생이 되었을 때 조선어 수업이 없어지고 일본어 수업 일색이 되었어. 일본어도 아예 '국어'라는 이름으로 바뀌었다네. 내선일체(內鮮一體)다, 조선도 일본이다, 그러므로 조선어가 국어가 아니라 일본어가 국어다, 하는 강제교육이 그렇게 시작되었네. 나는 '국어상용(國語常用)'이라는 절대교육에 의해서 처음부터 일본어로만 수업을 하는 학생이 된 것이라네.

김형수　그 시절의 선생님들을 기억할 수 있습니까?

고 은　1학년 담임은 일본 규슈(九州)에서 건너온 일본인 나카무라 요네라는 미모의 여선생이었네. 2학년 담임은 조선인 남자교사 김지훈(金志勳)이었는데 식민지의 도청 소재지에 하나밖에 없는 사범학교 출신이었지. 이 사범학교란 식민지 현지 교육을 위해 철저한 일본화 수련을 익히는 곳이었네. 대구사범 출신의 박정희가 그 열악한 가정환경을 떨치고 자신의 운명을 연 것도 가난하되 영리한 학생을 골라 수업료가 거의 없는 특수교육으로 장차 현지 식민지 교화를 맡게 되는 사범학교의 가공할 기능과 관련될 것이네. 3학년 담임은 역시 규슈 출신의 일본인이 조선에 건너와 군산의 유력한 정미소를 경영하던 집의 딸 모리 히데꼬(森英子)였네. 그리고 교장은 러일전쟁 당시 중국 요동반도 끝의 여순 전투에 참가한 재향군인 육군 오장(伍長, 특무상사에 해당)인 아베 쓰도무(安部敦)였어. 아주 무서운 교장이었네.

김형수 식민지 교육에서 입은 상처가 있었겠지요?

고 은 태평양전쟁 말기, 패색이 짙은 1944년 어느 날 교장의 '수신(修身)' 시간 수업 중에 교장은 교실의 아이들에게 '장차 무엇이 될래?' 라는 질문으로 하나하나를 세워서 그 대답을 들었지. 남자아이들은 하나같이 육군이 되고 해군이 되어 원수 미국과 영국을 때려 부수겠다고 대답했어. 그때 남태평양 상공의 비행기가 공격을 받아 거기에 타고 있던 일본의 태평양연합함대 사령관인 야마모토 원수(元帥)가 전사했는데 그에 대한 전 국민 애도가 다시 한 번 전시 사기(士氣)를 비장하게 고양시키고 있었지. 그래서 식민지 아이들 입에서도 나도 야마모토 원수처럼 되어 천황폐하를 위하여 목숨을 바치겠다는 대답이 모범대답이 되었네. 아이들은 전부 이런 일본의 전시교육으로 일본국민이 되어 갔던 것이네. 아침 조회시간 벽두에 반드시 일본 동경 쪽에 대고 천황폐하에게 경배를 드리는 요배(遙拜) 행사도 있었어. 그리고 낮 12시에는 묵념 5분간으로 천황폐하와 일본의 황군(皇軍)을 위해서 경배를 드렸어. 그 당시 어린이 신문이 나왔는데 주간과 일간이었어. 소국민신문(小國民新聞)과 황민일보(皇民日報)였네. 나도 이 두 신문을 의무적으로 구독했어. 교장은 웬일인지 수업시간 마지막에야 나에게 '너는 무엇이 될래?' 하고 물었어. 나더러는 아무것도 묻지 않는가보다 하고 좀 섭섭해 하고 있었는데 그제야 안경 속 눈빛이 빛나는 교장의 질문이 떨어진 것이네. 나는 충동적으로 야마모토 원수보다 높은 것이 천황인 것이 생각나서 '천황폐하가 되겠습니다'라고 말했어. 그러자 교장의 불벼락이 떨어졌네. "네놈. 네놈이 만세일계(萬世一系)의 성스러운 천황폐하를 모독했다. 네놈은 당장 퇴학이다." 하고 나를 쫓아냈어. 나는 엉엉 울면서 책보를 싸 어깨에 메고 논길을 걸어 집으로 쫓겨 갔네. 나는 퇴학 맞은 아이가 되었던 것이네. 그날 밤 아버지는 담임 선생을 찾아가서, 담임과 함께 교장 사택으로 갔어. 닭 한 마리를 구럭에 넣어가지고 갔어. 몇 시간을 빌고 빌었다네.

나 죽어도 별이 되지 못해. 똥마려워.

김형수 최근 시집에서 읽은, 별빛을 이야기하다가 "나 죽어도 별이 되지 못해. 똥마려워." 했던 구절이 생각나요. 고상한 기념비가 되는 것을 언제나 거절해왔습니다. '법(法)'이라거나 '식(式)'을 거부하고, '진리'나 '도덕'보다 언제나 '살아있음' 자체를 우선시해왔어요. 덕분에 우리는, 옛 이야기를 들을 때조차도 역사를 이념으로부터 삶의 기억으로 전환시키는 놀라운 경험담을 얻게 됩니다. 한국의 근현대사가 인격을 얻는 축복을 목도하는 거죠.

고 은 다음 날 나는 퇴학에서 정학으로 바뀌었지만 교실 수업은 허용 되지 않았네. 학교 실습지 창고에 매일매일 가 수업 시간 그대로 썩은 잡곡 더미에서 쓸 만한 것을 가리는 작업을 했네. 만주에서 실어온 옥수수 등의 전시물자였네. 그것은 식민지 조선 농토에서 매년 7백만 석 8백만 석의 쌀을 강제 징발로 가져가는 그 병참기지의 절대 빈곤을 조금 메운다는 명목으로 만주의 하품(下品) 잡곡이 조선에 배당된 것이네. 악취가 심했어. 나는 그 악취 속의 고독으로 몇 달을 보냈지. 어느 날 교장이 시찰하러 왔네. 내 작업광경을 본 뒤 다음날 내 정학 처분이 해제되어 나는 교실로 복귀했네. 그때 교장이 다시 물었네. "너는 무엇이 될래?" 나는 우편배달부가 되겠다고 말했네. 교장은 실망하면서 왜 그것이 되고 싶으냐고 다시 물었네. 나는 "사람들의 기쁜 소식과 슬픈 소식을 집집마다 찾아다니며 전해주고 싶습니다." 하고 말했네.

김형수 말씀 들으면서 웃었지만 속으로는 얼마나 슬펐는지 모릅니다. 일제를 벗어나는 과정은 어땠습니까?

고 은 끝내 학교는 수업이 폐지되고 공습대비훈련이니 군수물자지원 사업으로 전나무 열매, 아주까리 열매를 따고 방공호를 파고 놋쇠 수집에 동원되는 일과가 계속되었네. 중국 북부와 만주 일대에 포진했던 일본 관동군(關東軍)의 상당한 병력이 조선 반도로 옮겨올 때 우리 마을 일대 산에 토치카를 시설하고 부대 본부를 만들었네. 미공군 보잉 29라는 4발 폭격기가 하얀 빛깔의 긴 날개를 자랑하며 이따금 하늘에 떴네. 어디에는 폭탄을 투하하고 우리 마을 산에는 드럼통을 떨어뜨렸네.

김형수 그것이 제2차 세계대전이고 그 패전을 우리는 8·15라 합니다. 우리의 세상은 늘 그렇게 잿더미 속에 감춰져 있었어요.

고 은 그 뒤 1945년 여름 어느 날 '해방이다!' 하는 소리가 들렸어. 나는 일장기에 태극과 엉터리 팔괘를 그려 넣고 그것을 휘날리며 내달렸어. 일본인 교사들이 떠났네. 조선인 교사들은 남았어.

김형수 10대가 되어서야 모국어를 돌려받는 식민지 원주민 출신의 시인이 지상에는 아직 없지 않겠지요?

고 은 나는 20여 년 전부터 여러 나라의 국제 시축제의 초청을 아주 많이 받고 있네. 그런 축제에서 여러 나라 시인들과의 우정도 쌓고 있지. 아프리카 서쪽 상아해안(象牙海岸) 지역의 원주민 시인들이나 북아프리카 베르베르족의 시인도 사귀게 되었지. 그런 시인 중 몇 대 할아버지 할머니들이 저 노예무역 시기 이래 아예 철저한 식민지 체제로 굳어진 지역에서 종주국 언어인 영어나 스페인어, 불어를 강제로 배웠다 해. 그런 시대를 이어오는 동안에도 현지 주민들은 밤마다 집 뒤의 숲 속에 모여 비밀리에 조상 대대의 토속어인 모국어로 말하고 그 모국어를 가르쳐 왔다는 말을 듣고 감동받기도 했네.

김형수 저는 선생님의 언어가 늘 '경전' 해석에서 시작되지 않고, 그야말로 '날 것'인 세계의 원본과 마찰하면서 솟아난다는 데 큰 경외심을 갖고 있습니다.

고 은 언어가 전달의 도구라는 기계적인 정의와는 아주 먼 곳에 언어의 의미가 있다네. 언어는 그러므로 혼의 기호이고 혼 자체라는 강조도 있게 된다네. 자아가 타자로부터 모든 주권을 박탈당했을 때 그 자아는 자신의 언어만이 남겨진 사실을 깨닫는다네. 그래서 언어는 도구나 수단이 아니라 최고의 가치인 것을 새삼스럽게 발견하지. 주체가 없어졌을 때는 서술주체가 그 없어진 주체를 대행한다네. 그 대행의 과정을 통해서 잃어버린 주체, 빼앗긴 주체를 다시 찾아내는 것이지.

세종대왕이 나의 신이네

김형수 특히 모국어에 대한 순정은 놀랍습니다. 최근 모든 활동을 후학들에게 넘긴 후에도 남북이 공동으로 편찬해야 할 『겨레말큰사전』에 대한 책임만은 계속 놓지 않고 있습니다. 우리 사회는 그것이 함의하는 바를 잘 모르는 것 같아요.

고 은 모국어는 궁극적으로는 모국이네. 일제 후기가 그 전기에 허둥대던 조선어를 폐지한 것은 조선의 주체를 완벽하게 없애는 식민지 경영의 극대화라네. 이런 사실로 보아 '조선어학회'의 한글 수호는 국외 독립운동의 국내적 증거이겠네. 그래서 1945년 8월 15일은 나에게는 어떤 해방보다 '모국어의 해방'이었네. 나는 이 해방된 모국어로 내 운명으로서의 시인 생활을 하고 싶네. 내 모국어와 한글이 내 종교이네.

세종대왕이 나의 신이네. 나의 신은 창세와 조물주로서의 커다란 신이 아니라 내 언어문자의 절체(絶体)인 것이네.

김형수 분단 70년 동안 남과 북에서 공히 국가어를 표준어로 삼으면서 방치시켜 버린 모국어 개념을 오직 선생님만이 놓치지 않고 있습니다. 후학으로서 각별히 감사하고 싶은 사안입니다.

고 은 지금 세계 언어 6천8백 종은 날마다 소멸하고 있네. 100년 안에 절반 내지 90퍼센트가 없어진다는 유네스코의 암담한 전망도 있지. 실제로 스페인어, 중국어, 아랍어, 영어만 남겨지는 미래를 예상할 수 있네. 더구나 인터넷 언어로서의 영어가 시장은 물론 문화의 각 부문까지 다 점거할지도 모른다네. 그렇게 되면 지상의 중소언어는 사어(死語)가 될 것이네. 일본어도 프랑스어도 장담할 수 없네. 하물며 한국어는 그보다 더한 위기를 앞두고 있지. 한글을 동남아의 어느 문자로 쓴다든가 세계 각 대학에 한국학과 한국어 보급이 늘어난다든가 하는 단기적인 소식으로만 뽐내고 있을 수 없네.

김형수 개마고원에 있는 동식물, 묘향산에 있는 광물 등처럼 북쪽 인민들의 낱말도 지극히 소중하다는 거겠죠?

고 은　언어는 생물 종의 멸종과 정비례하는 멸종의 대상이네. 몇천 년 동안 중국어나 그 밖의 강한 언어에도 불구하고 한반도의 언어가 이어져 온 이 생명력은 경탄할 만하지 않은가. 만주어나 퉁구스어, 글안어 따위는 다 없어졌다네. 이런 강한 생명 의지의 모국어가 그 내일은 벼랑길의 언어이네. 이 사실을 명심해야 할 것이네.

김형수　일제 강점기를 겪고 이후에 맞은 시간들이 잘 풀렸다면 선생님의 정신적 원형, 또는 시적 발현의 형태가 전혀 달랐을 거란 상상을 해봅니다. 해방의 아침은 어떻게 왔습니까?

고 은　일제 식민지 강제사회가 가고 하나의 가능성이 어떤 준비도 없는 그 역사의 진공(眞空) 속에 화산분출의 감격으로 왔네. 무조건의 환희였고 생기(生氣)의 극단이었어. 모든 것이 가능할 것 같은 그런 여름의 폭염 속에서 만세 소리가 이어졌네. 그러나 그것이 가버린 질곡의 유산인 또 하나의 질곡인 대내적인 분란과 대외적인 냉전 열전의 현장인 줄은 전혀 몰랐지. 나는 오직 전국 몇백 개 고을 중의 한 두메에서 자라난 12세의 소년이었어. 그런데 이 해방은 그런 내 철부지의 미성년을 갑작스러운 성년으로 만들어 놓은 것이네. 그것은 옥수수튀김 같이 펑! 소리를 내며 부풀어진 것인지 모른다네.

김형수 귄터 그라스의 『양철북』이 떠오릅니다. 성장이 멈춰버린 아이가 나치가 물러나자 쑤욱 자라버리는 장면 말입니다.

고 은 시대의 극적인 전환은 인간의 의식이나 감정에도 그동안의 안이한 평형을 없애버리지. 우선 마을마다 자치기구가 만들어졌어. 그것은 소박했지만 오랜 농경사회 관습인 두레의 자치성에 익숙한 행위였어. 이런 자치기구가 면 단위, 군 단위에 이르러 서울에 등장한 일제 말기의 비밀조직인 건국준비위원회의 직접 지휘체계에 닿아 있었어. 건준 산하 전문학교 학생이나 중등학교 학생으로 조직된 학도대가 각 군과 면 그리고 부락 단위에까지 임시행정의 실무를 이끌었지.

김형수 그것이 선생님의 삶에 영향을 미친 바가 있었습니까?

고 은 나는 이런 학도대에 의해서 마을의 연합군 환영 대회 준비를 서둘렀네. 소나무 가지를 잘라 만든 아치를 마을의 마루턱 길에 세웠어. 거기에 내가 종이에 그린 미·영·중국의 청천백일기 그리고 소련의 기를 걸었어. 또한 학도대는 마을의 친일파 지주 한두 집을 습격해서 그 집의 쌀을 풀어 마을의 여러 집에 나눠주기도 했지. 십리 길 가서야 있는 항구의 일본인들은 다 떠나고 그들이 남긴 집과 건물은 마구 털려서 여러 물품이나 골동품이 떠돌기도 했다네.

김형수 마을 풍경도 달라지기 시작했겠어요.

고 은 내 고향 일대는 주로 일본 규슈지방 일본의 하층 농민들이 식민지 입주자로 왔는데 토지조사사업 이래 마음대로 토지를 강점한 그네들의 대토지 소유가 실행되었어. 그들의 드넓은 몇십만 평 농지의 미곡생산 노동은 물론 조선인의 노역으로 이루어졌지. 나도 국민학교 2학년, 3학년 당시 그런 일본인 농장에 가서 모심기를 했다네. 무임노동이었지. 점심에 주먹밥 하나가 전부였어. 그런 농장들이 이제 날쌘 조선인의 차지가 되었다네. 적산가옥이나 적산토지에의 광분이 인심을 사납게 만들었어. 여기에 좌익과 우익의 '피의 시대'가 개막되었네. 8·15는 2주일쯤의 거의 맹목적인 행복을 지나면서 엄연한 현실 앞에서 점점 멀어졌네. 8월 말쯤 아버지가 장차 우리나라 이름은 대동진공화국(大東震共和國)이 될 것이라고 밥상머리에서 말했어. 그러다가 얼마 뒤에는 38선이 생겼다는 말도 했어. 다음 해인 1946년에는 좌익과 우익의 혈투가 본격화됐네.

김형수 숨 막히는 시간들입니다. 그 틈새에서 모국어의 영혼이 감긴 눈을 떴겠죠?

머슴방에서 한글을 익히다

고 은　나는 1945년에 국민학교 3학년이었네. 3학년의 일제 식민지 아이이다가 해방의 소년이 된 것이었네. 그런데 나는 식민지 시절 머슴방에서 머슴 대길이 아저씨로부터 한글을 익혔다네. 물론 낮의 서당에서는 한자를 배웠지. 그래서 일제 때에도 마을에 한두 권 돌아다니는 조선어로 된 책을 읽을 수 있었어. 내가 읽은 최초의 소설이 탄금대인(彈琴臺人) 작(作) 『의지할 곳 업난 청튠』이었네. 그 소설 속의 '돈암정(敦岩町) 전차 종점'이라던가 '화신백화점'이라던가 '회색 장갑'이라던가 하는 서울의 이미지에 반하고 있었어.

김형수　「머슴 대길이」는 『만인보』에서 인상 깊게 읽은 작품입니다. 생명체에 내재한 성품의 대소(大小)는 도시와 시골을 골라서 오는 것도 아니요, 부자와 빈자를 차별해서 내리는 것도 아니라는 것을 보여주는 인간형이었어요.

고 은 해방이 되자 조선인 교사가 엊그제까지 일본어로 말하던 그 교사가 교실에 들어와서 조선말로 당당하게 말했어. "너희 중에 국문(國文) 아는 사람 있는가. 있으면 손들어." 그 당시는 조선 글자를 언문이라 했는데 해방이 되자 국문이라는 임시 이름이 달렸지. 내가 손들었어. 그런데 손든 아이는 80명 교실 안에서 나밖에 없었어. 그만큼 식민지 교육 정책이 식민지 모국어 말살에 철저했다는 증거이기도 했네. 나는 한글을 안다는 이유 하나로 당장 3학년에서 4학년으로 격상 진급했어. 나를 때리던 동급생은 내가 상급생이 되자 슬슬 나를 피했다네.

김형수 남이 모르는 것을 아는 자에게는 그만큼의 위엄과 함께 그만큼의 책임이 부과되나 봅니다.

고 은 그런데 어느 날 5학년 상급생 서넛이 나를 학교 운동장 너머 소나무 숲 속으로 데려갔어. 그들은 나에게 막 부임한 교장이 다른 곳에서 아주 악질적인 친일을 해온 사람이라는 것, 그래서 그를 우리 학교에서 쫓아내야 한다는 것을 역설했어. 이어서 며칠 뒤 동맹휴학을 할 때 나에게 앞장 서달라고 말했어. '너는 월반할 정도로 우수한 학생이니 네가 앞장서면 전교생이 그 뒤를 따를 것이다' 라고 선동도 했지. 그들은 나에게 호소하는 것이 아니라 강요했어. 만약 그들의 지시를 듣지 않으면 나는 집단 구타를 당했을 거야. 나는 엉겁결에 그들의 요구를 들어주었어. 3일 뒤 아침 조회시간에 운동장 한가운데 놓인 강단에 달려가 올라섰어. 교장과 교사들이 서 있었지. '친일파 교장 권오학 물러가라!' '오늘부터 미룡국민학교 전교생은 동맹휴학이니 집으로 돌아가라! 우리들의 주장이 이루어지면 그때 등교를 통지할 것이다. 해산! 해산!' 나는 나 자신이 두려우면서도 이런 구호를 외치고 내려왔어. 상급생들이 박수를 쳤어. 전교생이 흩어졌어. 교장과 교사들이 사색이 되었지.

김형수 선생님의 역사 행위가 본의 아니게 시작되었네요?

고 은 이 스트라이크는 1주일쯤 지나서 끝났다네. 새로 부임한 교장이 끝내 떠났어. 뒷날 들은 소문으로는 그는 교육계를 아주 떠나서 사업을 했는데 큰 부자가 되었다 했어. 어쩌면 그 친일 교장의 새로운 행운을 우리 동맹휴학이 가져다주었는지 모른다고 생각했어. 그런데 1946년 겨울, 내 고향에 처음으로 해방 시대 사범학교가 세워졌어. 내 꿈은 어린 시절부터 교사였어. 할아버지는 의사가 되라 했으나 아버지는 내 꿈대로 국민학교 운동장의 아이들을 호각을 불어 체조를 시키는 그런 담임 선생이 되기를 바랐어. 그래서 그 신설 사범학교 제1회 졸업생이 될 입학시험에 나갔지. 내가 혼자 좋아하던 여학생보다 나은 점수를 바라지 않아서 일부러 한 문제는 틀린 답안을 썼어. 그러나 내 학력은 우등이었어. 다만 품행 심사에서 나는 불합격 처분을 받았다네. 그것은 교장 배척 시위와 동맹휴학에 앞장선 불온분자였기 때문이었어. 도 교육기구에서 불합격 처분의 지시가 내려왔어. 도내 사범학교이므로 어떤 불순함도 끼어 있어서는 안 된다는 것이었어.

김형수 이유는 다르지만 많은 후배들이 사범학교 낙방을 다행으로 생각할 것 같습니다. 훌륭한 교사들이 앓게 되는 직업병이 계몽주의 아닙니까? 그리고 선생님의 광휘는 늘 그것과의 충돌을 통해 만들어지고 있습니다.

고 은 그래서 나는 일본인 전용이던 공립 중학교에 들어갔네. 그곳에는 해방 후라 아이들의 향학열이 높아져서 너도나도 다 모여들었어. 합격자만 500명이었는데 나는 그 신입생 합격자 중에서 1등이었어. 이 사실이 밝혀지면서 아버지는 돼지 한 마리를 잡아 마을 잔치를 벌였지. 내가 1등을 해본 생애 유일의 사건이었어. 1학년 담임은 '동양사' 교사인 강철종이야. 나중에 대학 사학과 교수로 갔는데 그는 평론가인 내 동갑내기 이어령의 처남이야. 이어령의 부인 강인숙의 오빠지. 해방 뒤라 건국을 앞두고 있었어. 이래 조선반도는 각각의 단독정부를 세워 타율의 38선을 자율의 38선으로 내면화해야 했네. 김구의 분단 반대의 숭고한 뜻은 현실에서는 무효였네. 끝내 김구는 암살당했지. 온 국민이 오열에 파묻혔어. 이승만은 존경했으나 김구는 사랑받는 애국자였지. 어느 날 아버지는 마룻바닥을 치며 통곡했어. 나더러도 울라 했어. "오늘은 우는 날이다." 하고 흐느꼈어. 그 날이 김구 최후의 날이었던 것이네.

김형수 인간이 미래에 대한 '전망'을 잃는 것처럼 고통스러운 일이 어디에 있겠습니까? 이제 더 이상 신령한 대지는 없게 된 겁니다.

고 은 해방은 가고 분단이 왔다네. 하나의 현실은 비현실이었네. 그리고 하나의 현실은 그 생명이 아주 길었어. 그것이 이토록 긴 것일 줄 누구도 몰랐지.

김형수 결국 거짓이 구조이자 제도이며 권력 그 자체인 기만적인 세계가 펼쳐진 것입니다.

고 은 내 이메일 주소는 'koun0815@gmail.com'로 815가 들어있다네. 그것은 그 날이 내 운명으로서의 자아가 시작된 날이기 때문이라네.

비자연적인 죽음의 사건들이 안긴 것

김형수　분단은 곧 그 위에 허구의 유토피아를 겹쳐놓으면서 이내 젊은이들로 하여금 그 이상한 허깨비를 위해 목숨을 바치라고 요구하게 되었던 거죠? 동란 말입니다.

고 은　어디 나뿐인가. 그 전쟁은 전쟁 속의 인간 하나하나에게 전천후적이었다네. 4백만 명이 죽었어. 3년 미만의 시간 안의 참극이었지. 또 그 식민지 잔재로서 재산들이 다 파괴되고 말았어. 한반도는 제2차 세계대전에서 남겨진 잉여무기를 소비하는 현장이었어. 그러므로 나쁜 전장(戰場)이자 시장이었네.

김형수　한국전쟁은 그 원인을 아무리 외세에 돌리더라도 그

하나하나에 반응했던 개인들의 참담한 태도를 지우고 갈 수 없습니다. 그로 인해 변한 것들이 어떤 걸까요?

고 은 전통사회에서 내려온 관습이나 농경사회의 미덕들이 그 가치를 상실해버렸네. 한국어의 느린 어조도 그 전쟁을 겪으면서 급해졌어. 그리고 표현도 간접적이기 보다 직접적인 것이 되고 매우 거칠어진 경음(硬音)이 압도하게 되었지. 나누기보다 곱하기에 여념 없었지. 빼기보다 더하기에 미쳐버렸어. 적은 전장 시기의 북쪽에만 있지 않고 후방에 깊이 뿌리내려서 너는 나의 이웃이 아니게 되기 시작했네. 나는 이런 시기에 나 이전의 세대와 나의 동시대 생존자들 속에서 1950년대 초기의 전시와 그 뒤의 전후에서 정신의 상이병사로 살아야 했네. 무엇보다 그 전쟁의 여름 처음에는 후퇴하는 남한의 경찰이 좌익이건 아니건 다 좌익으로 내몰아 집단학살을 하고 떠나서 인공 시기의 3개월은 좌익들의 살기를 강화시켰네. 그 여름 끝에서 후퇴하는 좌익은 남은 우익을 무더기로 집단학살했어. 일제시대 관동군 주둔지대 방호나 무기저장시설의 깊은 동굴 속에 마을의 남녀노소를 몰아넣고 흙을 부어버리거나 사살하거나 했네. 마을의 묵은 우물에도 인체를 던져 넣고 흙을 퍼 넣어서 시루떡 찌는 것 같은 잔악한 방법으로 학살했네. 그러자 이번에는 살아남은 우익 유가족

이 후퇴하는 좌익들을 추적 생포해서 매타작으로 즉사시키거나 방공호에 몰아넣고 생매장하거나 했네. 이런 극한상황 속에서 나 또한 사경을 헤매다가 살아남았어.

김형수 참혹한 체험입니다. 죽창을 든 것도 아녀자에게까지 보복을 가한 것도 모두 우리 자신이었습니다.

고 은 나는 마을 사람들의 시체발굴에 열흘도 넘게 동참했다네. 나는 17세였네. 중학교 4학년(현재의 고교 1학년)이었으나 학교 따위 갈 생각이 추호도 나지 않았네. 공부의 의미를 사절했네. 인간이 인간의 의미를 가진다는 것이 얼마나 기만인가를 깨달았다네. 나는 시체의 악취 속에서 헤어날 수 없었네. 2주일 이상 세숫비누로 내 몸을 아무리 닦고 닦아도 그 악취 중의 악취는 벗겨지지 않았으니까. 심지어는 바로 이런 악취야말로 인간의 본성을 그대로 드러내는 것이라고 생각하기에 이르렀지. 이미 내 정신 상태 절반은 이상 상태였네. 내 눈은 눈동자를 조율하지 못했어. 초점이 제멋대로였어. 그래서 내 시야는 늘 불안했네. 귀신 형용이 내 시야에 나타나기도 했네.

김형수 죽을병을 얻은 자는 갓난아기 자리로 되돌아가야 산다는 말이 생각납니다. 당시 세상이 그런 상태였어요.

고 은 그 죽음과 그 주검의 악취는 차츰 멀어진 것이 아니라 내 심신 속에 깊이 감염되어 버렸어. 그래서 나는 죽음의 추상론, 죽음의 미학이나 죽음의 야만 따위에 사로잡혔다네. 삶이 내 원칙이 아니라 죽음이 내 척도였네. 죽음만 생각하면 내 삶이 아주 편안해지기까지 했다네. 어쩌면 이런 근원적인 기분이야말로 이미 나의 실존 절반은 이 세상보다 저 세상에 속해 있게 된 것인지 몰랐네. 끝내 이런 죽음은 나의 죽음으로 자기화 되었네. 그래서 내 몇 번의 가출을 막아섰던 아버지가 붙잡혀 온 나를 그 당시 항구에 주둔한 미21항만사령부 운수과 검수관으로 취직시켰어. 그 당시 나는 중학교 영어 수준으로 어느 정도의 기초영어를 구사할 줄 알았어. 바로 그 군항 안의 부대 체커생활 중 첫 번째 자살을 시도했어. 계획은 면밀했어. 심야의 인부 야식 시간은 철조망 안의 부두 전체가 텅 비지. 그런 무인지경에 부두에 대고 있는 외항선과 부두 사이의 좁은 물에 잠기면 내 신체는 배의 터빈에 말려들어 분쇄될 것이라고 예상하고 그쪽으로 투신했네. 그런데 하필 그 새벽에 향수에 젖은 일본인 선원이 이등 항해사 선실에서 잠을 깨어 해치 뒤에 나와 있다가 투신하는 나를 보았어. 그 좁은 물에 밧줄을 늘어뜨려서 내려놓았어. 나는 일부러 물을 한두 번 먹었네. 빨리 숨을 놓고 싶었어. 그런데 내 의식이 없어지자 본능이 작동해서 내 두 팔이 그 좁은 물속을 허우적댄 것이네. 그런 나머지 겨드랑이에 밧줄이 걸려서 그걸 잡고 떠오른 것이네. 항해사가 재빨리 배의 트랩을 내려와 나를 건져서 둘러업고 배의 의무실로 데려갔어.

김형수 허. (침묵)

고 은 얼마가 지난 뒤인지 몰라. 의무원과 항해사가 살아난 나를 내려다보고 있었어. 내 팔뚝에는 주사도 꽂혀 있었어. '요시, 요시' 하는 일본말을 들었어. 새벽에 나는 그 의무실에서 선실로 안내되었어. 그 일본인 마도로스는 하시다 고진(橋田公臣)이고 이등 항해사였네. 나에게 비관하지 말고 희망을 품고 부디 성공하라 말했어. 그리고 책 한 권을 주었네. 『성공의 법칙』이었어. 그 첫 대목은 치루치루와 미치루의 파랑새 이야기였네. 이것이 내 네 번의 자살시도의 첫 번째였네. 이런 일 뒤에도 죽음은 늘 내 몸속에 박혀 있었네.

김형수 선생님의 시적 태도는 식민지와 전쟁 경험에서 비롯되었습니다. 10대 때 마을이 더 이상 '마을'일 수 없으며, 이웃이 더 이상 '이웃'일 수 없는 환멸을 경험한 겁니다. 이쪽저

쪽에서 학살과 보복학살로 피아의 의미까지 없어졌으니, 생물학적으로 육체를 유지한다는 것이 너무 큰 고통이었을 것 같습니다.

고 은 그러다가 아버지는 나를 시집간 고모의 조카가 경영하는 주·야간 사립 중학교 국어교사로 특채하게 했어. 나는 중학교 4학년 중퇴의 실력으로 중학교 1, 2학년 국어를 담임했어. 그런데 이런 안정에도 못 견디어 다시 가출했어. 세 번째의 가출이 출가로 이어져 승려가 된 것이네. 지나가는 들길의 승려를 따라가서 전쟁으로 파괴된 절에서 선(禪)을 하고 산하를 떠도는 만행(万行)을 했네.

김형수 세상이 아프고 세월이 병든 것을 증명하는 것은 실로 어처구니없는 '비정상'이 출현하여 오만한 '정상'들을 거꾸로 구원하는 현상이라 생각합니다.

고 은 그 전쟁이 몰고 온 비자연적인 죽음의 사건들이 내 운명 속의 사건으로 이입되었네. 그리고 6·25야말로 한국 또는 한반도를 전 세계에 드러낸 세계사 참여의 사태이기도 했네. 그때는 한국을 아는 지역이 극히 제한적이었네. 한국은 몰랐고, 아니 한국이 중국의 일부이거나 일본의 부속 반도라고 알고 있기도 했지. 어디에도 한국은 없었네. 심지어 1960년대 일본 작가 미시마 유키오(三島由紀夫)가 죽기 직전에 쓴 장편소설에서는 고대 원효를 당나라 고승으로 그리기도 했다네.

김형수　현실이란 참 냉혹합니다. 그 곤혹과 딜레마를 피하지 않는 자를 리얼리스트라 하는 거겠지요?

고 은　6·25야말로 날마다 전쟁 소식을 퍼 나르는 한반도를 통해서 코리아가 세계사의 한 장소로 그 오랜 익명성을 벗어나게 한 사건이었네. 한반도는 그 죽음 그 파괴라는 최악의 대가로 세계에의 참여가 시작된 것이네. 그러므로 나에게는 죽음을 내 조국에게는 세계를 안겨준 그 기괴한 선물이 6·25였네. 그러나 나는 그 죽음을 딛고 이제는 삶의 여러 기로(岐路)를 견뎌내고 있는 것이네.

김형수　그러니 인류의 문명이 도취해 있는 세계와 어떻게 화해할 수 있겠습니까? 모두 산 채로 죽어 있는, 삶이 가짜이고 죽음이 진실인 세계에 버려진 느낌을 지울 수 없었을 텐데요.

고 은　죽음이란 어느 특정한 시대에만 커다란 사건이거나 심각한 것은 아닐 것이네. 본디 옛사람은, 가령 불교 같은 데서는 생과 사를 대사(大事)라 했네. 유가에서도 출생이나 사망 그리고 그 안의 혼인 따위 관혼상제를 삶의 큰 사건으로 여겼네. 한 인간의 생애를 한두 마디로 요약한다면 '태어나고, 만나고, 죽는 것'이네. 다만 어린 나에게는 할머니의 죽음, 그 뒤에 할아버지의 죽음이라는 자연적인 죽음 사이에 역사로서의 죽음인 전쟁 시기 학살과 전사라는 인위적인 죽음들의 비극이 엄청났던 것이네. 거기서 죽음이 얼마나 삶을 모독하는가를 죽음이 얼마나 삶 따위를 가소롭게 하는가를 소년인 나는 아무런 정신이나 의식의 단련 없이 체험한 것이었네. 어쩌면 내 근원의 허무주의야말로 이런 죽음의 극한 상태에서 발생했는지 모른다네. 이런 1953년 가을 이후 살아남은 자로서 허무가 나의 허무였음을 나는 뒤에 깨달았네.

김형수　저는 그 허무를 '관념적 허무주의'라고 말하면 안 된다고 보는 겁니다. 도대체 어떤 허무주의가 이렇게 치열하고 열정적이며 불덩이 같을 수 있느냐는 이유에서이지요. 이 부조리한 세계의 실존을 견디는 것이 '혐오'이고 '허무'이며 '폐허 지향'이었다면 저는 그것을 '초월적 실존주의'라 불러야 하지 않을까 생각하는 겁니다.

고 은　한반도 38선 남과 북에서 내 또래의 절반 가까운 청소년 인구가 남한의 학도병으로 북의 따발총 인민군으로 한반도 전역을 오르내린 전선에서 총알받이로 죽어갔네. 저 포항 전투나 낙동강 다부동 전투는 그야말로 농부의 장남 차남들의 장례였네. 또한 후방에서도 이념투쟁으로 죽어갔어. 굶어 죽었어. 제2방위군사건의 그 참담한 아사, 병사야말로 국가의 부패로 인한 굶주림이고 질병이었네. 나는 동네 친구 김봉태를 잊을 수 없네. 그는 부유층 사회주의자의 아들이었다가 우익에 의해 생매장 당했네. 나는 그를 살려낼 힘이 없었어. 그의 시체가 묻힌 할미산 방공호에 몰래 가서 '봉태야' 하고 연거푸 부르다가 운 적도 있네.

김형수 그 같은 순정의 다른 표현으로서 '환멸 지향'이 출현한 거겠지요. 사실 문학은 그런 '환멸 지향'의 정신으로 근대정신사조를 끝없이 반성시켜 온 건지 모릅니다. 근대는 근대와 역행하려 했던 그런 야성의 온기로 가까스로 파멸을 면한 게 아닌지 몰라요.

2016년 가을

고은 깊은 곳 2

무엇의 조종을 받는 자가 아니라 스스로 원점인 자

김형수 지난번에 한국전쟁이 경험시킨 수많은 죽음들에 대해 말씀하셨습니다. 그것이 선생님에게 미친 영향은 어땠습니까?

고 은 이런 죽음 이후 1960년대 말의 내 자살미수와 함께 죽음의 의미가 내 의식 안에서 고조된 나머지 나는 죽음의 미학을 설정하기도 했네. 삶의 이면이 곧 죽음의 표면 아닌가. 이 세계에 쌓인 죽음의 비극성을 넘어 죽음만큼 아름다움의 절정은 없다는 역설을 낳았어.

김형수 삶을 혐오하는 태도가 생겨난 거죠? 절망적인 세계에서 마치 영혼이 없는 미물처럼 연명하는 삶을 미워하는 정신 말입니다. 그것을 흔히 고은의 허무주의라고 말했던 것 같습니다.

고 은　내 허무주의는 동양의 노자 무위나 저 불교의 무 아니면 세기말 서구 니힐리즘이 아니었네. 순전한 나 자신의 심신이 낳은 하나의 관념이었는지 몰라. 생의 무의미에 대한 죽음의 의미론이기 십상이었지. 이것이 말하자면 1960년대까지 10여 년간 고은정신의 풍경이었다네. 죽음이 삶보다 훨씬 더 숭고한 것이었네. 아니 그것은 종교적 차원이었네. 생사를 초월한다는 불교의 그것이나 죽어 요단강을 건넌다는 동화적 천국이나 또 죽어 삼도천을 건너 황천에 간다는 설화적인 저승 따위는 내 귀에 들어오지 않은 것들이었네.

김형수　니체가 신은 죽었다고 말했다, 하는 말을 들을 때마다 저는 '누구의 조종을 받는 자가 아니라 스스로 원점인 자'를 상상하게 됩니다. 선생님도 그 시절에 모든 '선험적 가치'들을 없애고 '텅 빈 자아'만을 남기려 했던 게 아닌지 모르겠습니다.

고 은　나는 오래 죽음을 내 일상의 충동으로 삼아 죽음을 습관적으로 미화하기도 했어. 내 초기 시에 '죽음'이 자주 나오는 것도 그래서였는지 모르네. 한동안 나에게는 죽음만큼 친밀한 것이 없었다네. 극심한 불면증 10년의 1960년대 밤에는 먼동이 틀 때까지 뜬 눈으로 어두운 천정 밑의 죽음과 별 줄거리도 없는, 기승전결도 없는 주술 같은 대화를 주고받았다네. 그것은 누가 보면 나 혼자의 정신 나간 독백이었으나 나에게는 대화였다네. 이 불면증은 그 당시의 독한 소주를 몇 병 마신 후의 미친 취기로도 이겨내지 못하는 중증이었어. 낮에는 멍했네. 폐인으로 자기모멸에 빠지고 사람들의 일상을 경멸했어.

김형수 그 시절이 제게는, 역사의 외부에서 학습으로 얻은 정신 사조들을 버리려 했던 과정처럼 보여요. 만약 그렇다면 그것은 자아 현실의 내부에서 발생되는 정신, 즉 스스로 원점이 되는 자리를 찾는 과정이 되는 거예요.

고 은 1950년대 말부터 1970년대 직전까지 나는 네 번인가 주도면밀하게 계획해서 자살을 시행했는데 그때마다 뜻밖의 미수로 그치게 되었어. 이상한 일이었어.

김형수 그 마지막이 언제였습니까?

고 은　1969년 서울 정릉 골짜기에서였네. 그곳은 삼각산 보현봉에 오르내리는 산길에서 산마루 두 개를 넘고 넘어 있는 인적 없는 곳이었다네. 하나를 넘어가면 아마도 수유리 아카데미 뒷산일 것이네. 나는 소주 한 병과 그동안 거의 날마다 한 알 두 알 사 모은 수면제 2백 정을 가지고 초겨울의 그 산골짜기에 넘어가 있었다네. 마침 첫눈이 내리는 중이었네. 마지막으로 이 세상의 설경을 보았지. 그리고 그 설경 속에서 나는 약을 다 털어 넣고 누웠네. 내가 깨어난 것은 이틀 뒤의 정릉의 한 병원 침대에서였네.

김형수　어떻게 해서 병원으로 이동된 겁니까?

고 은　그동안의 경위는 이런 것이었네. 마침 내가 죽음을 결행한 밤이 하필이면 예비군 훈련의 밤이었다네. 특히 정릉 일대는 무장간첩 출몰을 예상하는 특수지역으로 지정되어서 평소의 일반훈련이 아니라 적의 침투를 격퇴하는 특수훈련이 있었다네. 그들이 평소 넘나들 까닭이 없는 그 산 너머 산 너머의 골짜기까지 작전구역으로 정한 것이네. 긴장 속에 있던 그들은 눈에 덮인 무언가가 실로 간첩으로 보여서 즉각 나는 누운 채 호송되어 정릉 여관 청수장 마당에 놓였다네. 그런데 죽은 상태의 나를 행려병자로 처리할까 할 때 대장이 나타나 병원 응급실에 보내도록 조치한 것이었네. 거기서 진단 결과 독극물을 빼내는 응급조치를 했고 맥박이 돌아왔다네. 그래서 이틀 뒤 의사가 '기적이다!' 하고 환호했다네.

김형수 무인도 앞에서 부서진 배가 구조되는 과정을 보는 것 같습니다.

고 은 이 소식이 알려지자 동아일보는 내 자살미수 사건을 기사로 썼는데 문화부 기자이던 김병익이 그것을 중단시켜 주었다고 해. 친구인 소설가 최인훈과 시인 정현종이 위문 차 왔는데 그때 내가 그들에게 살아난 자의 농담을 던져서 내 무안을 숨겼다네. '사자(死者)의 손과 악수하는 느낌 어때?'

김형수 그나마 김병익, 최인훈, 정현종……. 이런 이름들이 굉장히 위안이 되는 것 같습니다. 그렇게 '미적으로 훈련된 영혼들'이 없었다면 그 병원 풍경이 얼마나 참담했겠습니까?

고 은 이에 앞선 나의 세 번째 자살시도는 1963년 제주도행의 바다 위에서 실패했다네. 나는 목포 유달산에서 질긴 끈을 사고, 그 산에서 허리가 잘록한 돌을 매달아 두었어. 그것을 가방에 담고 배를 탔는데 내 몸에 감고 투신하면 바다 위로 시체가 떠오르는 일이 없을 것이었네. 제주행 황영호 배를 탔어. 제주해협의 밤바다는 웬일인지 파도가 없었네. 잔물결뿐이었다네. 이른바 젠틀 웨이브였어. 거기에 달밤이어서 달빛이 잔물결 위에 내려와 있었어. 아, 나를 보내는 마지막 이승의 절경이었다네. 나는 배에서 파는 매점의 소주를 마지막으로 마셨어. 그런데 아무리 두 병, 세 병을 비워도 취하지 않았네. 죽음 직전의 긴장 때문인가 했네. 그러다가 그 찬란한 달빛 속에서 내 몸 속을 채운 취기에 지쳐 그대로 쓰러져 잠들었다네. 내가 깨어난 것은 배가 제주 산지항에 다가가며 낸 뱃고동소리 때문이었지. 벌써 승객들이 뱃전에 나오기 시작했네. 한라산이 어둠 속에서 나타나 있었네. 그래서 나는 바다 속에 밧줄을 버렸다네. 배에서 내려야 했어.

김형수　가슴이 먹먹합니다. 그래서 어떻게 됐습니까?

고은의 제주도 시대

고 은　일단 제주도의 여관으로 갔네. 다음 날 제주신문 인터뷰에서 제주도에 영주(永住)하러 왔다고 내가 소개되었다네. 그 뒤로 자살계획은 곧 이어지지 않았네. 그것 역시 착실한 과정이 필요한 것인지 모르네. 나는 곧 사라봉 너머 별도봉 밑에서 금강고동공민학교를 설립, 교장 겸 국어, 미술교사를 하며 제주 산간이나 해안의 빈민층 미취학아동을 모아다가 무상교육을 시작했어. 도지사 등이 후원했네. 교과서와 노트 등을 공급해주었지.

김형수　고은의 제주도 시절을 고갱의 타히티 시절과 유사한 미학적 사건으로 분류해야 하지 않을지 모르겠습니다.

고 은　3년간을 내내 지속해 1회 졸업생을 냈어. 그리고 그 곳을 떠났네. 이런 과정을 통해 죽음과 삶이 교차되는 제주도 자연 속에서 내 시는 제2의 출발이 가능했는지 몰라. 나는 몇 걸음이면 도달하는 별도봉 벼랑 밑으로 자주 갔네. 파도가 부서지는 굉음의 율동 속에 몸을 내맡기고 있었지. 그 율동이 내 무의식의 율동으로 전이된 것이 내 시의 의식으로 체화(體化)된 것 같기도 해.

김형수　혹시 그 사이에 육지와의 교류는 없었어요?

고 은　평론가 김현이 찾아왔었고 김화영도 건너왔다 갔네. 박목월은 쓰고 있던 캡을 나에게 주었지. 모윤숙은 찾아와서 시인 김광섭의 딸과 결혼하라고 나에게 권유하기도 했다네. 나는 술만 마셨지.

김형수　그 무렵 제주도에 다녀가기가 쉽지 않았을 텐데요. 사람과 사람을 잇는 끈이랄까, 그런 연대감이 지금과는 많이 달랐다고 생각됩니다.

고 은　그 후에도 내 생애의 상당 부분은 죽음과의 의식 동행(意識 同行)을 이어왔네. 그것은 1970년 겨울 노동자 전태일의 분신자결 이전까지 늘 진행되었던 것이네.

김형수 자살 시도는 그것이 실패로 그쳐도 '시도' 자체로서 이미 완성되는 것이 있습니다. 바로 한 생명이 이미 죽음을 '선택'한 적이 있다는 사실입니다. 그 '선택'에는 미수가 없는 것 아닙니까?

고 은 지금은 나는 도리어 세상의 죽음을 방어하는 쪽이라네. 특히 OECD 자살률 제1위의 이 불명예 사회에서 '죽음의 꽃'으로서의 자살을 말하는 일을 크게 경계하고 있네. 죽음은 나에게는 역사와 문학 속의 것이었는데 이제는 사회의 것이네. 세월호의 죽음은 무엇인가. 그래서 누가 죽음을 물어도 고개 돌려 대답하지 않게 되었다네.

김형수 뜻 깊은 말씀입니다.

고 은 죽음을 놔두게. 그것을 함부로 건드리지 말게. 사는 일의 허망을 죽음으로 메우지 말게. 죽음을 신성한 삶의 결론으로 삼게. 생사일여(生死一如)라는 말은 말 이상이네. 심지어는 이순신의 '죽어야 산다'는 필사필생론도 있지. 나는 서재 안의 죽음에 관한 사상서적들을 자주 보지 않네. 생의 충일감이 있을 때 한 번씩 『사자(死者)의 서』를 훑어본다네. 죽음은 아직 내 앞에 오지 않고 있네.

김형수 만약 그때의 '죽음의 선택'으로 얻은 게 있다면요?

고 은 죽음! 이것은 산 자의 무지로서만 대상으로 삼을 뿐이네. 죽음 이후를 극락이나 천당 또는 그 반대의 지옥으로 말하는 고대 후기의 수작들은 나에게는 전적으로 부적합하다네. 생이 중요할수록 죽음이 중요해질 따름이네. 내가 죽음을 말하는 것은 살아 있는 자의 어리석음으로 말하는 것이라네. 요컨대 실컷 살면 실컷 죽게 되는 것이네. 우주의 광대무변은 바로 이 죽음과 삶의 무한반복으로 된 생멸의 순환으로 차 있네. 초신성도 미립자도, 극대도 극소도, 다 나고 죽고, 죽고 낳는 것 아닌가. 우주의 동어반복 아닌가.

김형수 아까 궁금했던 걸 여기서 묻고 싶습니다. 선생님이 그렇게 죽음을 향해 뛰어들 때 쓴 시들이 가장 건강한 생명력으로 넘쳐난다는 평을 혹시 들어보신 적이 있으신지요? 가령, 「애마 한스와 함께」와 같은 시들이 바로 제주도 시절의 작품들인데요. 사실, 그 시들에서 저는 '원시반본'의 세계를 읽습니다. 시원의 상태로 돌아가는 정신 말입니다. 옛 사람들도 죽을병에 걸리면 어린아이의 상태로 돌아가야 산다고 했습니다. 저는 그 시들이 마치 어린아이의 상태, 소설 『화엄경』의 선재처럼 어린 나그네의 상태를 보여준다고 봅니다. 이것이 제주도 시절을 '고은 시의 요람'이었다고 생각하는 이유입니다.

고 은 그럴지도 모르겠네. 하나 더 말한다면 바다에의 도취가 내 가슴을 채우기도 했다는 사실이네. 절해(絶海)의 표류 같은 도취 말이네.

출가 이후

김형수 이제 선생님의 출가 시절 이야기를 듣고 싶습니다. 그때가 한국전쟁 와중이었지요?

고 은 1950년대 중반 이승만의 대처승 규탄으로 시작된 비구승의 불교교단 종권 쟁취는 시행착오도 적지 않았네. 그동안 산중의 비구승들은 대처승 주지와 대처승 종권의 환경에서 그 가녘을 담당한 셈이었다네. 큰 사찰에서도 한구석의 선방만 차지했다네. 그나마 선방을 두고 있는 절도 많지 않았어. 이는 식민지 불교정책의 잔재로 남겨진 대처승 사찰의 기복신앙 속에서 이질적이기도 했어. 염불과 선의 차이 말이네. 그것 말고도 조선시대 억불정책에 밀려난 불교는 사실상의 체제유지가 어려워 각처의 각자도생으로 명맥을 유지했네.

이러는 과정에서 대처승들이 상당했던 것이네. 바로 이런 불교 승려의 세속화에 맞서서 독신승들이 집결하기 시작한 것이지. 하동산, 이효봉, 정금오를 앞세우고 이청담이 그 전위를 맡았어. 그런 과정에서 비구승은 나중의 박정희 군사정권에 이르러서야 종단 안정이 가능하게 되었네.

김형수 서울은 언제 올라오셨습니까?

고 은 1950년대 후반기, 비구승단이 궤도에 오를 무렵 서울에 왔네. 내 은사인 효봉은 내가 입산한 지 오래되지 않았고 또 내 수행의 기초를 염두에 두어 나를 산중에 있게 했네. 그러나 효봉 자신이 떠밀려서 총무원장을 해야 했고 나중에는 비구 대처 통합의 제1대 종정에도 추대되었는데 이런 과정에서 나도 불러낸 것이네.

김형수 아하, 효봉 스님이 불러서 서울 사람이 되셨군요?

고 은 산중 선방의 승려들은 서울이나 산 아래 도시로 나가는 것을 가장 불명예스럽게 여기는 풍습이 있다네. 나도 서울에 가면 타락하는 줄로 알고 있었어. 하지만 종단에서 필요하다는데 나가지 않을 수 없었지.

김형수　그래서 구체적으로 어떤 일을 하게 되었습니까?

고 은　전국 비구·비구니대회가 열렸어. 1956년이었네. 나도 그해 늦가을 서울로 왔어. 그 뒤 비구승단 대변인 역할로 신문 잡지에 불교에 관한 글, 비구승단 옹호에 대한 글을 썼네. 또한 한용운이 간행하다 일제 말기 중단된 《불교》지 복간도 서둘렀어. 《불교신문》도 만들어 거기 주필의 임무도 맡게 되었다네. 숭산이 사장이고 내가 주필이었어. 나는 선방의 불립문자(不立文字)를 중단하고 문자 속에 허우적대고 있어야 했지. 그러다가 비구승단의 전통적인 누습과 정체에 대한 혁신을 뜻하게 되었다네. 한용운의 『불교유신론』 따위도 읽어보았어. 그래서 1960년대에 이르러 소장중견승려 중 의식이 있는 승려들로 '도우회'라는 조직을 만들었지. 그것을 '신승려회의'로 만들어 종단을 새롭게 정화하려는 개혁을 시도했어. 이 사실을 기존 노장층에서 알고 나를 징계위원회에 회부했지.

김형수　그것이 환속의 이유였다고 봐도 될까요?

고 은　해인사를 4월 혁명 후 대처승에게 빼앗길 위기로부터 구해낸 공로로 나는 해인사 주지로 추대되었는데 한 노승이 나를 아낀 나머지 20대부터 그런 직책을 가지면 우리나라의 장차 도인 하나를 잃는 것이라고 해서 부득이 주지대리로 있게 되었지. 그러다가 그 당시 종정 하동산이 내 해인사 수호의 공덕으로 나를 속리산 법주사 주지로 임명했어. 그러나 나는 불교신문을 편집해야 했기에 1일 생활권인 강화 전등사 주지로 가고 그곳 주지를 대신 법주사 주지로 영전시켰어. 그런 뒤 청년승려 조직에 앞장선 것으로 징계 대상이 되었던 것이네. 나는 일체 행위를 자제하겠다고 했어. 그러나 내 마음은 그늘져 있었지. 이런 환경에서 나의 환속은 아무런 계획 없이 진행되었다네. 그것은 큰 바람이 아닌데도 바람 한 자락에 여름의 잎새가 괜히 떨어져버리는 것과도 같았네.

김형수 진묵대사가 했다던 '가승입산(假僧入山) 진승하산(眞僧下山)', 가짜 중은 산으로 올라가고 진짜 중은 산에서 내려온다는 말이 생각납니다. 선생님의 경우도 그렇게 볼 수 있을까요?

고 은 나는 한국일보에 교계가 부패했다 운운의 말도 들어 있는 환속선언을 기고하고 바로 나왔어. 바로 현재의 문화일보 자리에 있는 골목 여관에 투숙했지. 그리고 문단 동료인 시인 이형기가 근무하는 신문에서 고료를 받아 그것으로 내 독신의 생계를 시작했어. 신문에 내 승려시대 연대기도 몇 번인가 연재했다네.

김형수 그러니까 이때 선생님의 상태는 '승' 자체를 박차신 것이라고 봐야 되겠지요? 예컨대 '도우회' 운동의 연장이 아니라 이미 새로운 곳을 향해 탈주하기 시작한 셈이니까요.

고 은 이미 나는 1958년 여름과 가을에 시인이 되었으므로 시인이라는 이 무모한 천직의 이름 하나로 몇십 년의 생활을 시작한 것이네. 무엇보다 술의 자유, 담배의 자유가 내 삶의 자유로 펼쳐졌다네.

김형수 그럴 만한 계기가 있었습니까?

고 은 강화 전등사 주지 시절, 나는 여름밤의 마니산 정상에서 철야 입정(入定)을 했네. 그때 방선 끝에 하늘의 별들을 우러러보며 내 미래를 점쳤어. 종교냐 예술이냐의 기로가 그 새벽의 내 명제였네. 끝내 나는 예술의 운명으로 가겠다고 결심했다네. 저 거친 바다 속으로 떠내려가자 하고 내려왔지. 그렇게 해서 인천 앞바다를 건너 서울에 이르렀던 것이네. 나의 환속이 한때 젊은 승려들의 환속으로 이어질 뻔했다네. 도반 김운학도 나오려 했어. 이청담이 승려들을 단단히 단속했지.

생명의 파도를 어떻게 타고 넘느냐

김형수 생명의 파도를 넘어가는 실존의 국면들, 그 찰나의 연결들을 어떻게 타고 넘느냐에 따라 삶의 가치가 달라지는 것 같습니다.

고 은 나는 현실과 유리된 시대의 둔자(遁者)였다네. 가진 것이라곤 허무뿐이었다네. 그래서 참여파의 이론가 김병걸은 나더러 허무주의의 맹장(猛將)이라고 규탄하기도 했어.

김형수 그런 허무주의자적 증상이 무엇이었습니까?

고 은 무엇보다 뿌리 깊은 불면증이 1960년대 10년간의 밤을 밝혀주었다네. 이것은 불치병이었어. 나에게 눌어붙은 저

전후의 죽음이 직접 내 심신에 침윤되어 있었다네. 무교동의 독한 술, 독한 안주 속에 파묻혀 있는 동안에도 자주 죽음을 안주 삼았어. 아니 내가 마시는 술은 죽음의 술이었다네. 그래서 나는 늘 오늘밤도 사약을 마시노라 하고 외쳐대기도 했어.

김형수 4·19세대들의 진출과 함께 이제 막 깨어난 세상의 활력과 대비되었을 것 같습니다.

고 은 내 직후 세대인 1960년대의 김현, 김병익 등 '문학과 지성' 신세대의 환경에서 소설의 최인훈과 내가 자주 선배 역할을 하며 문학의 동질성을 나눴지. 낮은 최인훈과의 배회였고 밤의 술집에서의 나는 존재의 고아로 돌아가 다시 혼자만의 황량한 고립무원(孤立無援)으로 자신의 심연에 가라앉아 있었다네. 통금시간 직전에 숙소로 돌아가면 만작(晩酌)의 자정이 신새벽의 술로 이어졌지.

김형수 그 깊은 허기는 어디에서 온 것일까요? 선생님은 1970년대를 맞으며 전혀 다른 존재가 되시는데요.

고 은 1960년이 저물어 가고 있었네. 박정희의 군사정권이

터를 잡고 본격적인 독재로 가고 있었지. 하지만 그것은 나에게는 전혀 관심의 대상이 아니었네. 그럴 즈음 통금시간이 넘어서 가까스로 무교동 술집 주모의 묵인으로 술집 탁자 위에서 자게 되었네. 새벽녘에 그 탁자에서 떨어져 너절한 시멘트 바닥에 누워서 잤어. 잠을 깨었을 때 내 이마 맡에 묵은 신문지 따위가 널려 있었네. 나는 괜히 그것을 펴보았어. 그런데 거기에 며칠 전의 노동자 분신 사건 기사가 나 있었어.

김형수 전태일 현상이라고 하는 역사적 조짐과 만나는 장면이 너무나 극적입니다. 영화의 한 장면 같아요.

고 은 나는 본능적으로 내 안에 들어 있는 죽음의 관념을 통해서 그 기사 속의 죽음에 주목하게 되었어. 이런 자살방식도 있구나, 했어. 나는 늘 투신 자살이나 수면제 자살을 시도해 왔는데 이런 분신에 뜨거운 호기심이 일어났어. 그런데 이 죽음은 바로 지워지지 않고 나에게 완벽하게 파고들고 있다는 사실을 깨달았어. 그런 나머지 노동자 전태일에 관한 것을 하나 둘 알 수 있었어. 그 당시의 어용화 되고 있던 언론에도 불구하고 사설에까지 그 사건이 언급되고 있었다네. 노동현실의 열악한 그 비인간적인 상태 그리고 분단현실과 군사정권의 모순 등을 의식하기 시작했다네. 요컨대 전태일은 나에게 현실을 던져준 것이었어.

김형수 문익환 목사는 하나의 행위를 살림의 역사에서 나온 것이냐 죽임의 역사에서 나온 것이냐로 구분해서 평가합니다. 전태일의 죽음을 대표적인 '살림의 역사'로 보았어요. 선생님은 전태일의 죽음을 보고, 죽음에도 '대승(大乘)'이 있다고 쓰셨던 것으로 기억합니다.

고 은 거의 극적으로 나의 의식과 정서는 비현실로부터 현실로 전도(顚倒)되었네. 그러면서 박정희의 개헌 강행에 저항하는 반대 운동의 작가 선언에 뛰어들기 시작했네. 이어서 1974년 문단 최초의 현실 참여 문학 진영의 조직운동을 시작했어. 임시로 뜻을 같이하거나 산발적으로 합의를 만드는 것이 아니라 항구적인 조직체를 만들었던 것이네. 그것이 자유실천문인협의회인데 내가 대표가 되어야 했네. 그것은 내가 덕망이 있어서도 아니고 내 문학이 현실참여에 기여해서도 아니었네. 동료 후배들이 아마도 내 투신적인 결의를 간파해 추대했을 것이네.

김형수 그 무렵의 하루하루를 담은 『바람의 사상』을 읽고 저는 얼마나 감동을 받았는지 모릅니다. 와중에 어떻게 일기를 쓰셨는지 모르겠어요.

고 은 그때부터 나는 늘 앞에 나서야 했다네. 그런데 놀라운 일은 내 10년의 무서운 불면증이 일시에 사라져버렸다는 사실이네. 그때부터 나는 잘 자고 뼈에 살점이 붙기 시작했어. 내 눈동자도 맑아지기 시작했어. 나는 그 이래 한 마리의 질주하는 저 중앙아시아 스키타이의 말이 되기 시작했지. 나의 시는 그 말 울음소리가 되었고.

김형수 체제와 시인 간에 벌어진 전면전이자 혈투였다고 해도 될 거예요.

고 은 물론 체제는 중앙정보부라는 곳, 보안사령부라는 곳, 그리고 경찰의 대공분실이라는 곳, 아니 일반경찰 정보과라는 곳을 가졌고 나는 '요시찰 인물'이 되어서 실시간으로 공포 속에서 헤어날 수 없었네. 그래서 어떤 대학에 강연을 가거나 종교기구의 공개 장소에 가기 전에 반드시 소주 한두 병을 마셔 그 취기를 용기로 삼았던 것이네. 성명서, 선언 그리고 학생 선동의 강연은 늘 내 의식보다 앞선 극한의 발언으로 강조되었어. 하루하루의 내 그림자는 형사거나 요원이기 십상이었어.

김형수 그 긴장된 공기 속에서 저 같은 문청(文靑)들이 문학을 대하는 태도 또한 변하고 있었습니다.

고 은 초기에는 연행되어 한 달씩, 몇 주씩 지하 2층에 갇혀 있으면서 긴 심문을 받을 때면 견디기 힘들었네. 그러나 이런 시간도 반드시 그 끝이 있다는 확신 때문에 그 치욕과 고통의 시간을 감당하는 면역도 가능해졌지. 급성이 만성으로 된 것이네. 하지만 식민지 시대 김구 선생의 그 지독한 탈골상태의 고문과 비교하면 내가 당한 고문은 어림없었지. 1979년 내가 윤보선 옹을 거리로 이끌어내어 박정희 유신정권을 담보하는 카터 방한 반대 시위를 앞장 서서 체포된 뒤의 구타로 고막이 파열되어 귀가 들리지 않게 된 정도였네. 그것은 그 뒤 대통령 암살 직후 일시 석방으로 나와 수술을 받았고, 또 한 쪽 귀는 전두환 신군부의 내란음모죄 적용으로 감옥에 있을 때 정치범의 신분으로 육군병원에서 수술했네.

김형수 어른과 함께 걸을 때는 왼쪽에 서야 한다고 배워서 저는 늘 선생님의 왼쪽에 서려는 습관이 있었습니다. 그런데 선생님이 제가 여쭙는 말을 못 알아듣기 때문에 자꾸 오른쪽으로 옮겨가곤 했습니다. 지금도 그게 반복됩니다. 거기에 카터 방한 반대 시위 고초의 흔적이 새겨져 있었던 걸 몰랐어요.

고 은 이런 정도의 고난 따위로 내가 거대한 1970, 80년대 민주화운동 대열의 선두에 서 있노라고 말하는 것은 첫째 민주화운동으로 인한 수많은 희생자들 앞에서 무례한 짓이네. 그럴 뿐 아니라 나는 내 운명이 맨 앞보다 맨 뒤에서 작동하기를 바라고 있네. 끝도 끝의 시작이니까.

김형수 언젠가 선생님이 '시간의 대륙'이라 명명했던 그 먼 '질주'에 대해 이제 알아들을 수 있을 것 같습니다.

고은 테제, 별이야말로 밥이다

고 은 이런 과정에서 내 문학도 밀실의 독백성으로부터 광장의 대화성으로 얼마만큼 옮겨지는 체험이 있게 되었네. 무엇보다 이전의 심미주의보다 절실한 정서와 의식의 종합이 내가 지향할 시의 사명이 되었어. 심지어 나는 작자는 작자 하나가 아니라 근원적으로 불특정의 타자들이라는 데까지 나를 몰아가기도 했네. 그래서 작품에 내 이름이 따라다니는 일조차 범죄로 여길 때도 있었네. 내 작품은 많은 작자들이 만들어낸 것이라는 주장도 하고 싶은 상태가 되었다네. 특히 고대 문학이 시대를 지나면서 여러 작자가 참가했다는 사실을 보고 나는 문학을 사회화함으로써 한 작품의 집단 창작이 문학사의 주류가 되어야 한다는 극단에도 닿아 있었다네.

김형수　'무단(舞丹)'이라는 가명으로 쓴 「벽시」가 그런 정신을 대변하는 거겠지요?

고 은　그럴 경우 나는 오랫동안 내 안의 치부로 숨겨져 있던 별과 밥 콤플렉스에서 해방되기도 했네.

김형수　'절대 빈곤'의 문제는 선생님만의 콤플렉스는 아니었습니다. 그런데 그곳에서 작동되는 감수성은 어쩌면 그렇게 다른지 모르겠어요.

고 은　어린 시절 식민지 말기, 쌀 생산지의 내 고향은 가을 추수 직후부터 절량농가가 늘어나고 있었네. 중농 수준이던 우리 집은 할아버지가 자손 없는 숙부에게 입양되면서 그 숙부의 농지까지 이어받은 부자였는데 아버지가 그 전답을 친구의 보증으로 넘겨준 이래 빈농이 된 상태였다네. 여기에 일제의 쌀 공출 강제징발에 의해 쌀독은 자주 비었지. 어머니는 10킬로쯤의 바닷가 개펄로 나문재를 뜯으려고 새벽에 나갔다가 밤중에 돌아오기 일쑤였어. 많은 아낙네와 처자들이 다 그곳에 모여드니 뜯을 것이 많지 않았던 탓이지. 나는 굶주린 상태로 고모 등에 업혀 어머니를 기다렸네. 어머니가 와서야 뜯어온 것에 밀기울이나 만주에서 배급해온 썩은 옥수수

가루를 넣어 죽을 쒀 먹었지. 1일 1식이거나 2일 1식일 때도 있었어. 어느 날 그렇게 고모 등에서 울며 어머니를 기다리는 끝에 문득 밤하늘을 쳐다보았네. 별들이 찬란하게 내려와 매달려 있었어. 나는 그것을 따먹으면 배가 부르겠다고 생각했어. 고모를 보챘지. '저것 따줘, 저것 따줘.' 고모도 굶주린 나머지 힘이 없는 목소리로 나를 달랬어. '저것은 별이란다. 별은 먹는 것이 아니란다. 별은 빛나는 것이란다.' 이를테면 나는 세계 또는 우주와의 첫 만남이었던 별을 별이 아니라 밥으로 잘못 안 것이었네.

김형수 별과 밥 이야기는 가난의 에피소드를 넘어서 어떤 경건함을 느끼게 만듭니다.

고 은 이런 사실이 훨씬 뒤 내 시인생활의 어느 행간에서 별을 꿈으로 노래하거나 해야 할 시인이 별을 밥으로 만난 내 원초적인 수치가 나를 아프게 한 적이 있다네. 바로 이런 수치는 1970년대 이래의 내 민중적·민족적·민주적 관심의 강도(强度)에 의해 별이라는 서정의 대상 혹은 형이상학의 대상을 현실에 끌어냄으로써 가장 절실한 인간생존의 기본이 되는 밥으로 인식한 내 최초의 사건이 정당하다고 생각하기에 이르렀어. 별을 굶주린 자의 밥만큼 절실한 것으로 만나는 일이야말로 시인의 별이 되어야 했던 것이지.

김형수 그것이 또 한 차례 문학적 변화를 야기하는 거죠?

고 은 나는 1970년대 후반부의 이 사실을 공개석상에서 말하기 시작했어. '별이야말로 밥이다. 밥이야말로 별이다.'라는 '고은테제'가 생겨난 것이네. 그런데 이런 특이한 체험은 또 하나가 있어. 그것은 '허구와 현실의 종합'이라는 내 문학의 역정을 구성하기도 했지. 나는 1950년대 고향의 학살 참극 속에서 살아남은 자로서 허무 속에 파묻혀 헤어나지 못한 나머지 고향으로부터의 이탈만을 생각했어. 10대 끄트머리에서 내 삶의 망명을 꿈꾸었지. 그것이 몇 번의 가출이었고 이윽고 출가라는 것으로 이어졌어. 그러나 나는 한 곳의 정착을 집착으로 여겼네. 그래서 편력이나 방황이나 이런 것이 구도(求道)의 종교 미덕에 짙게 반영되었어. 그럴 때 나는 허무 속에서 허구를 만들어내기도 했다네.

김형수 선생님의 시적 화자가 '이동태'인 것은 평단에 공유되는 사실인데, 저는 거기에서 '대지를 오고 가는 자'가 아니라 '세계의 바깥에 있는 자'라는 생각을 자꾸 하게 됩니다. 더불어 살지만 어디에도 속하지 않는 자 말입니다.

고 은　김춘수가 누님이 없는 것을 아쉬워한 적이 있지. 나에게도 누님이 없었어. 할머니는 일찍 세상을 떠났고 고모들도 죽거나 시집갔지. 집안의 여성은 어머니뿐이었어. 누님이 없다는 그 혈연 정서의 궁핍이 나에게 누님이 있다는 허구를 낳아버렸다네. 또한 당시 나는 처절한 죽음의 폭력을 벗어나서 죽음을 정서화함으로써 유난스레 폐결핵 환자로 죽고 싶은 그런 병리(病理)에 사로잡혀 있었다네. 밤새 기침을 하다가 새벽에 피를 토하며 죽어가는 것이 내 삶의 한 절정이 되고 싶었다네. 붉은 피에의 유혹이 강했어. 이런 일이 내 허구의 줄거리에 배치되었어. 즉 나의 집은 농촌이 아니라 항구도시의 일본식 2층 집이었고 나는 폐결핵 환자로 2층에 누워서 지내며 파스하이드리시드를 한 알 한 알 복용하고 있었다. 아래층의 누님이 올라와 자주 나를 돌보았다. 누님은 아름다웠다. 그런데 내 폐결핵은 3기쯤이어서 극적으로 좋아지고 있었다. 그러는 반면 내 병이 누님에게 옮겨가서 끝내 누님이 죽었다. 나는 누님의 유골 상자를 가지고 세상을 떠돌았다. 저 남쪽 다도해에서 밤배를 타고 가다가 그 달밤의 파도 위에 누님의 유골 가루를 뿌리고 그 뒤로 입산했다……. 이런 허구를 현실화시켰지.

김형수　마치 발자크에게 보이던 증상 같아요. 제가 강의 중

'문학적 자아가 형성된 경로를 쓰시오.' 하는 과제를 냈더니 학생 하나가 '거짓말의 역사'를 써왔는데, 칭찬하지 않을 수 없었습니다. 모든 억울함은 진실이 전달되지 않는 데서 생겨나는데, 너는 개연성을 만들어내는 데 얼마나 뛰어났으면 거짓말을 해도 다들 진실로 알아들을까 하는 이유였어요. 자아서사를 끌고 가는 기질이 아닌가 싶습니다.

고 은 이런 사연을 세상은 의심하지 않고 그대로 믿었네. 내 초기 시의 어떤 여성 정서를 평론가들은 고은의 '누이 콤플렉스'로 말했지. 김현의 '고은의 상상적 세계'라는 시론에서도 이런 사실이 강조되었어. 그런데 이 사실도 1970년대 민주화운동과 민족현실에 집중된 내 문학의식에서 버려야 할 낭만적인 형태라고 자학했다네. 그래서 이 허구가 허구라고 고백하기 시작했어. 그러자 그때까지 내 허구를 진실로 만났던 문학평론가들과 벗들이 좀 당황하기도 했지.

김형수 그것도 충분히 이해가 됩니다. 문학을 삶의 주석(註釋)으로 여기는 건 너무도 자연스런 현상이니까요.

초월적 실존주의자

고 은　나는 그 뒤로도 종종 '사실 속에 허구를 설정'하는 일이 있었다네. 시 「자작나무 숲으로 가서」의 그 현장인 칠현산 자작나무는 실제로는 없네. 내 심상(心象) 속의 현실에서만 있는 숲이었어.

김형수　'에고'가 사라진 상태에서 '참 나의 존재'를 체험하는 '돈오(頓悟)의 숲'이 반드시 행정적 주소를 가져야 한다고는 독자들도 생각하지 않을 겁니다.

고 은　그런데 훨씬 뒤의 1980년대 초 전두환 신군부에 의해 내란음모죄, 계엄법 위반, 계엄교사라는 세 개의 죄목으로 조작되어서 나는 군사재판을 받고 육군교도소와 일반 감옥의 절대 격리 중범으로 수감생활을 했네. 그러다가 국내와 해외의 구명운동 덕으로 2년쯤 뒤에 석방되었네. 내 신체는 극도로 초췌해서 나를 환영하러 나온 친지들이 유령이 나타난 것으로 여기기까지 했다네. 해외 선교사들의 배려로 세브란스병원에 입원해서 생전 처음으로 종합검진을 받게 되었어. 그때 놀라운 일이 있었다네. 내가 폐결핵 3기를 다 앓고 완치되었으며 한 쪽 폐의 일부가 시멘트로 화석화되어 있다는 것이었네. 그래서 주로 한 쪽 폐에 의지해 숨 쉬는 생명인 것이 밝혀진 것이네. 그렇다면 내가 저 1950년대 떠도는 삶에서 만든 허구가 내 운명 속에서 사실과 현실 그리고 진실로 되어버린 것이지. 나 스스로도 놀라웠네.

김형수 신비한 일입니다. 선생님의 옛날 속에는 곳곳에 경이로운 순간들이 박혀 있어요.

고 은 그래서 '허구와 현실의 종합'이거나 허구야말로 그 궁극에서는 현실이고 현실이야말로 끝내 허구와 분리되지 않는다는 것을 말할 수 있게 되었어. 이것은 네루다가 리얼리즘을 모르는 시인은 시인이 아니고 리얼리즘밖에 모르는 시인은 시인일 수 없다고 말한 것과도 한통속인지 모르겠네. 나의 리얼리즘은 필연적으로 리얼리즘의 초월과 동시에 진행되는 것이네. 이런 일들이 내 1970년대, 1980년대의 운동과정에서 내면화되는데 그 내면화가 반드시 현실에의 방향성을 낳기도 한다는 것을 깨달았네. 운동은 사회나 세상에 적용하면 할수록 운동의 장본인인 나 자신의 세계에도 기여한다네. 그 규모가 막강하든 그렇지 않든.

김형수 그래서 제가 '초월적 실존주의'라는 조어를 생각하게 된 겁니다. 선생님의 '현실'에는 '도피'가 아닌 '무시'가 함께 들어있기 때문입니다. 『만인보』는 선생님이 어린 시절부터 세상을 '외면'이 아니라 '환멸'했음을 증명합니다.

고 은 『만인보』는 나의 아라비안나이트인지 몰라. 나는 밤새도록 그래서 먼동이 튼 뒤까지 긴 이야기와 이 이야기, 저 이야기를 이어가지 않으면 아침에 궁전 뜰에 불려나가 즉각 반월도로 내 목이 잘려나가기 때문이네. 나는 그런 세헤라자데로서의 밤들을 『만인보』라는 시 이야기를 통해 어린 시절 고향사람들의 피붙이와 이웃들의, 그 후 내가 머물렀던 지역과 그렇지 않았던 지역의, 내가 머물렀던 역사와 그렇지 않은 시간 속의 초상들을 그려냈어. 역사 속의 얼굴과 역사 뒤에 묻힌 익명의 얼굴들도 함께 불러내어 내 이야기 속의 광야를 떠돌았네. 최소한 오천 년 이내의 옛과 어제 오늘을 담아내려고 했네. 애도와 재현 그리고 타아에 대한 자아의 공명(共鳴)을 담으려 했네. 이런 『만인보』는 어떤 극한 상황 속에서도 무엇인가가 태어난다는 사실을 실증하는지 모른다네. 그것은 가령 1951년 1월의 그 참혹한 1·4후퇴 당시 떠나는 화물차 지붕에 간신히 올라타고 남쪽으로 달리는 노천 상태에서 한 만삭의 아낙이 아이를 낳는 일과도 어슷비슷할 것이네. 아니, 누가 죽는데 그 곁에서 누가 태어나는 것이 이 세상 아닌가.

폐허의 축적, 절망의 축적

김형수 그런 언어들이 저 같은 독자에게 시간의 두께를 안겨주는 건지 몰라요. 폐허의 축적, 쓸모없음의 축적, 수많은 절망의 축적들이 만들어낸 어둠 속에서 발아되는 생명체를 품는다고나 할까요?

고 은 1980년을 '서울의 봄'이라고 불렀지. 가당치 않은 허명일 뿐이었어. '서울의 괴물'이라고 불러도 사치스러운 만큼 음험하고 가공할 내일을 잉태하는 오늘의 야만이었네. 나는 곧잘 지식인 계층의 건달 같은 허위의식을 어떤 무지보다 더 경멸한다네.

김형수 《실천문학》을 창간한 이유, '실천'에 방점을 찍었던 이유를 알 것 같습니다.

고 은　1970년대 후반 나는 한국 민주화운동 세력을 총합한 ‘민주주의 민족통일을 위한 국민연합’이라는 좀 긴 이름의 조직에 참가하고 있었네. 공동의장으로 윤보선, 함석헌, 김대중을 내세워 재야와 정계를 합쳤고, 그 조직의 핵심을 문익환과 내가 맡아서 중앙위 위원장과 부위원장의 임무를 수행하고 있었네. 유신의 종말이 궁정동 안가의 밤에 들린 몇 발의 총소리로 끝난 뒤 이 조직은 무척 바빠졌다네. 나는 대통령 암살이라는 충격 직후 임시조치의 보석으로 감옥에서 풀려났어. 대통령 서거라는 공식 발표가 있을 때 구치소장이 내 감방 앞에 서서 내 거동을 감찰하고 있었어. 내가 벌떡 일어나 만세라도 부를지 모른다는 그런 소동방지 차 소장실에서 달려온 것이었네. 나는 그 확성기 소리에 미동도 하지 않고 앉아 있었지.

김형수　그래서 어떻게 됐습니까?

고 은　며칠 뒤 나는 나왔네. 두 차례가 감옥 밖에서 내 출소를 환영하기 위해서 모인 수많은 사람들을 해산시키려고 석방 날짜를 법무부와 정보부가 변경시켰지. 그래서 내가 나올 때는 신문기자 몇 명만이 나를 맞았다네. 나오자마자 YH사건 배후조종으로 국가보위법 위반 죄목이 붙기 전 카터 방한 반대 시위 주동자로 잡혀갔을 때 고문에 의한 고막 파열로 청각이 없어진 것을 수술했네. 입원생활 중에도 바깥의 재야운동과 연대하고 있었어. 퇴원하자마자 국민연합의 본격 가동을 위해서 집회와 비밀회의를 계속했네.

김형수 전야(前夜)의 긴장감이 느껴집니다. 그때야말로 체코의 하벨이 말한 '비정치의 정치' 같은, 일명 재야라고 하는 '비(非)제도적 권력'이 한국사회를 지탱하고 있었는데, 그 중추를 이루는 것이 바로 문학의 힘이었어요.

고 은 그런 '서울의 봄'이었다네. 나는 1970년대 말 정기간행물 허가제를 피하는 독일식 '잡지와 책'의 혼합인 무크지 《실천문학》의 창간을 준비하다 투옥된 뒤라 다시 그 창간을 서둘렀네. 그러나 겉으로는 '서울의 봄'이지만 내 이름으로 잡지에 작품이 게재되는 일이 불가능해서 나는 '무단(舞丹)'이라는 가명 하나를 지어서 내 벽시(壁詩)를 발표하고 창간사도 계엄사 검열 때문에 생략한 채 내야 했네. 이 과정에서 1980년 5월 전국적인 신군부 반대 시위가 격렬해진 것을 빌미 삼아 계엄령을 전국적으로 확대하면서 정계와 재야 지도층을 일제히 검거해 계엄사령부 합동수사본부 지하 1, 2층에 수용했네. 나는 갑자기 군복으로 갈아입혀졌네. 그로부터 길고 긴 극한상황이 이어졌네. 나는 김대중, 문익환, 이문영 등과 함께 남한산성 밑에 있는 육군교도소로 호송되었는데 내 고개가 처박힌 채여서 어디로 가는지 몰랐다네.

김형수 이름도 무시무시한 '김대중 내란음모사건'이었어요. 『문익환 평전』을 쓰면서도 그 대목을 지나갈 때 덜덜 떨렸던 기억이 납니다.

고 은 육군교도소 본부 건물 위에 기관포대가 설치되어 있었네. 일반수용이 아닌 특별감방이었어. 그 감방은 미로의 구조로 되어 누가 어디로 들어가 있는지를 알기 어렵게 되어 있었네. 나는 제7방이었어. 나중에 안 바로는 바로 대통령을 쏜 중앙정보부장 김재규가 민간인 신분이라 서대문구치소로 옮겨가 그곳 교수대에 매달리는 사형 전까지 갇혀 있던 방이었네. 문익환은 육군대장에서 무등병으로 강등되어 체포된 정승화가 갇혀 있던 곳에 있었네.

김형수 감옥 이야기를 마치 자취방쯤 되는 것으로 하시는 것 같습니다.

고 은　이 감방은 창이 없었네. 30촉짜리 전등이 꺼지면 사진 현상의 암실이 되어버렸다네. 방은 겨우 누울만한 크기라 가로놓인 관(棺)같은 폐쇄공간이었어. 숨이 막혔어. 유일한 시설은 소변통 하나였어. 그리고 담요 한 장이 있었네. 이따금 정전되어 나는 어둠 속에서 시체처럼 있어야 했네.

김형수　밤마다 어떤 느낌이었습니까? 남들이 잠든 시간에 깨어 있으면서 불침번을 서는 느낌이라고 말씀하신 기억이 나는데.

고 은　나는 이곳에 오기 전의 여러 정황으로 보아 몇 사람이 처형될 것이라고 예감했어. 그래서 내가 죽을 때 어떻게 죽을까를 자주 준비했다네. 만세를 부르고 죽을 것인가. 시를 한 편 즉흥으로 지어서 그것을 읊고 죽을 것인가 하다가 그냥 입 다물고 웃으며 죽을 것으로 결정했네. 이런 상황인데 그 작은 숨 막히는 감방에서 군사재판 대기의 나날을 견디는 일이 당장의 내 일과였지. 그런데 현재 일체가 박탈당하자 그 현재 대신 과거가 와서 현재를 대행해주었다네.

김형수 어떤 현재는 그렇게 과거를 재탄생시키기도 하고 미래를 소멸시키기도 하는가 봅니다.

고 은 추억만이 나의 것이었다네. 평소에는 전혀 떠오를 이유가 없던 어린 시절이 떠올랐어. 내가 만난 이 세상의 사람들 하나하나도 살아나며 떠올랐어. 이런 회상이야말로 내가 그곳에서 견딜 수 있는 힘이 되었다네. 과거는 하나의 힘이 되었지. 그러는 동안 과거 속의 얼굴 하나하나를 시로 그려낸다면 얼마나 좋을까 하는 구상에 이르렀다네. 내가 산다면 쓰리라 하면서 죽기보다 살기, 쓰기에 생의 욕구가 기울어지기 시작했네. 아니, 혹시 내가 살아서 세상에 나가면 반드시 이 얼굴 하나하나를 연역적으로도 귀납적으로도 그려내리라고 그 구상을 구체화시키기까지 했다네. 다행인 것은 해외의 구명운동이 있었던 것이네. 독일의 브란트와 슈미트 그리고 미국의 신임 대통령 레이건 그리고 중앙정보부장이던 부시 1세의 노력들이 있었다는 사실을 훨씬 뒤 국제통으로 알게 되었네.

김형수 그런 거창한 이름들과 우리 문학이 동시대 안에서 숨쉬고 있었다는 실감이 나는 것 같습니다.

고 은 군사재판에서 나는 20년형 선고로 선처되었네. 그리고 대법원 확정판결 직후 대구 일반교도소로 이송되었고 중범 처우로 내 감방 하나 때문에 2층 감방 12개를 비우는 교도소 조치에 의해 격리되었다네. 철창 밖의 교도관 하나가 실시간으로 나를 감시했네. 뭔가 기록하는 것을 볼 수 있었는데 30분마다 내 거동을 기록하는 것이었네. 창밖을 바라봄, 좌선을 함 등등이었어.

김형수 CCTV가 없던 시절이라…….

고 은 이런 감옥 생활 2년 뒤 나는 또 다른 귀에 인조고막을 붙이는 수술을 감옥에서 했다네. 서울 화곡동 국군통합병원으로 파견된 서울대 의대 김종선 교수가 와서 수술했어. 그는 감옥에까지 들어와 수술 뒤의 치료를 해주었네. 내 생명의 은인 중 하나이지. 나는 그 뒤 8·15 특사로 석방되었네.

김형수 선생님이야말로 삶이 혈투였던 세대의 마지막 증언자가 아닌가 싶어요.

고 은 나는 감옥에 있는 동안 국어사전을 외우다시피 읽었다네. 낱말을 사전에 표시하는 일을 위해 12일을 단식투쟁했고 그 후 교도관이 보는 앞에서 점 하나 찍는 표시를 할 수 있었지. 내가 세상에 나가면 감옥에서 익힌 국어 실력으로 『만인보』를 쓰려한 것이었네.

김형수 그 같은 『만인보』의 배경을 외국인들이 어떻게 이해할 수 있을까요?

고 은 그러나 감옥에서 나온 뒤 내 몸속에서 모든 것이 빠져나가는 경험을 했다네. 외운 낱말들도 다 사라졌어. 그래서 다시 사전을 익혔지.

김형수 그 사이에 무슨 일이 있었습니까?

고 은 1983년 5월 나는 결혼했어. 내 운명 속에 결혼이 있는 줄 몰랐어. 결혼하고 2년 뒤 1985년부터 『만인보』를 쓰기 시작했고 1986년에 1권과 2권이 세상에 나왔네. 『만인보』는 한 격동의 시기 내가 죽음을 앞두고 그리고 그 죽음을 벗어난 삶으로 썼던 민족의 서사(敍事)라 하겠네. 이것을 누군가가 '민족의 호적부'라고 말했어. 그것은 발자크의 『인간희극』을 '파리의 호적부'라고 말한 것에 상응한 것이었지.

김형수 굉장히 설득력 있는 비유 같습니다. 저는 완간 기념 심포지엄 때 그런 사실을 모르는 상태에서 『만인보』를 이념이나 의미의 성채가 아니라 '세상의 구성'이라고 발제했는데 말입니다. 그럼 집필 기간이 총 얼마나 걸린 겁니까?

고 은 나는 이 작업을 25년이나 걸려서 했는데 이 작업에만 매달렸다면 그렇게 많이 걸리지 않았을지도 모르네. 『만인보』 전 30권, 이것은 내가 이룬 인간 벽화일 것이네. 세계 어느 나라에서는 일부가 번역되어 '현대의 고전' 시리즈로 뽑혔는데 한두 작품이 아니라 시집 한 권이 그렇게 뽑힌 것은 독일의 토마스 만 장편소설 『부덴브로크 가의 사람들』 이후 60년 만에 처음이라고 했네. 그 나라의 중·고등학교 외국문학 교재로 채택되기도 했는데, 한두 편은 국내 교과서에도 수록

되어 있지. 세계의 여러 문학제에 초청받아 가보면 번역된 외국어 제목이 아니라 '만인보'라는 우리말로 표기를 해, 한국을 떠나서 여러 나라의 시선을 모으는 작품이 되었음을 실감한다네.

김형수 여기에서 꼭 지적해두고 싶은 게 있습니다. 선생님은 그간 외국 출장을 많이 가셨는데, 그게 다만 여기저기 행사에 불려 다닌 게 아니라 우리 문학의 무대를 국경 너머까지, 국제적으로, 다언어 세계까지 확장해 갔다는 사실입니다.

고 은 나는 내 시가 모국어의 은혜 속에 잠겨 있는 행복과 내 시의 또 다른 본능이 다른 언어로 태어나서 그곳의 환영을 받는 '복합의 축복'이 내 시의 운명인 것을 종종 실감하고 있네. 아주 뒤늦게 번역이 허용되었던 내 작품들은 어느덧 25개 국어 이상으로 번역 간행되었네.

김형수 들뢰즈가 말한 '천 개의 고원'을 걷기 시작한 거예요. 나의 세계에서 얻은 『만인보』를 또 다른 대지의 사람들에게도 '만인보'로 실감시키는 행보였을 거라 생각합니다.

고 은 『만인보』의 사람들을 그릴 때 나는 첫째 선악을 표준으로 삼지 않았네. 극악의 인물도 있고 그 반대의 인간상도 있네. 특히 전쟁 시기의 비인간적 현상도 가감 없이 그려냈어. 왕과 무명의 백성도 그 서사의 중량을 무시했지. 2차원의 평면에 인간과 시대를 내려다가 펼쳐 놓은 셈이라네. 1930년대와 그 뒤 그리고 해방과 1950년대, 1970년대, 1980년대에 이르기까지, 역사 속의 임의적인 시대까지도 대상으로 삼았네. 고대나 중세 근세의 인간상도 점철되네. 일종의 자동서술적인 선택으로 이야기의 대상을 불러낸 것이네.

김형수 그것이 해외에서도 널리 읽힌 것은 '보편'을 획득한 때문이겠죠.

고 은 나는 세상과 약속한 30권을 일단 마쳤으나 내 마음 속에서는 이 작업을 끝내지 않고 있어. 이것은 내가 한 생애라도 그 한 생애에 갇히는 시간의 폐쇄성을 사절하고 한 생애를 생애 이전의 생애들과 생애 이후의 생애들로 연장함으로써 과거, 현재, 미래의 구애 없는 거래(去來)의 내 시적 세계의 역정과도 무관하지 않다네. 이것은 굳이 인도와 불교의 전생관(轉生觀)이나 니체의 영겁회귀의 소환론과 상관없는 것이네. 끝난다는 것은 없어. 끝나지 않는 것이 진리이고 변하는 것만이 진리이네. 그것이 무한변동 유물사관의 내 신조라네. 변한다는 것은 무엇인가. 한 찰나도 멈추지 않는 이 세계와 우주의 운동 자체를 뜻하지. 존재와 물질이란 움직임이라는 파동에 불과한 것이네. 그러므로 모든 품사는 동사라네. 특히 명사는 동사의 소산이네. 정신이나 영혼도 하나의 동사(動詞)이네. 이 세계의 명사는 거의가 다 동사가 낳은 것들이 아닌가.

김형수 전에도 '불완전동사'를 지향한다고 하신 적이 있는데, 불완전동사는 명사화될 수 없는 동사가 아닌가 합니다. 저는 사실 그 불완전동사를 단원 김홍도의 그림을 볼 때마다 느낍니다. 언제나 개념적으로 완료된 모양을 그리는 게 아니라 생명이 진행되고 있는 상태 자체를 그리거든요.

고 은 『만인보』의 만(万)은 교실 언어의 1만을 뜻할 이유가 없네. 그것은 저 천일야화(千一夜話)의 천이 반드시 1천을 뜻하지 않는 것과 같네. 언제 끝날 줄 모르는 그런 추상의 숫자인 것이지.

김형수 파이(π)나 무한(無限)보다는 '모두'를 말씀하시는 거죠? 그것도 결국 '끝이 없는 것'이니까요.

고 은 왜 만물상회라는 옛날 한국의 읍내마다 있던 가게 있지 않은가. 또 만국도 있고 천년만년도 있지 않은가. 만인은 그런 만인이라네. 나는 지난 10여 년간 국내와 해외의 여러 곳에서 물을 때마다 『만인보』에 대한 사명을 말해왔네. 그런데 이상하게도 그때마다 내 대답이 조금씩 달라지는 것을 깨달았어. 지금 말하는 것이 그러므로 이제까지 말한 것이 아니게 된다네.

김형수 『만인보』의 진정한 자리가 거기에 있어야 되는 건지 몰라요.

고 은 『만인보』에 대한 질문이나 대답은 그러므로 늘 처음이고 첫날밤이라네. 만인이란 낡은 것이 아니라 새로운 것이네. 서사의 힘은 가장 오래된 것을 가장 새롭게 하는 힘이라네.

김형수 아, 끝없이 새로운 것!

고 은　보르헤스가 시를 마신다고 했던가. 나는 그냥 숨 쉬네. 그런데 이런 표현도 이미 누가 해버린 것이라네. 물론 나에게도 백지 위의 무와 대면할 때 어떤 나락(奈落)의 심연에 추락하는 그 절망감이 찰 때가 왜 없겠는가. 비장한 표정을 위해서라면 이 절망을 상투화할 수도 있네. 하지만 백지야말로 내 희열의 종교라네. 백지야말로 내 식욕이고 성욕이네. 백지 앞에서 나는 이빨을 덜덜 떨고 가슴이 설렌다네.

김형수　존재의 원점을 지향한다는 말씀으로 들립니다. 배후 조종자 없이 스스로가 원점인 자.

고 은　하지만 시는 내가 숨 쉬기 전에 먼저 나에게 온다네.

공기 중의 산소가 내 콧구멍으로 들어오는 것과 내 콧구멍의 흡(吸)이 합치된 것이 내 시이네. 그리고 그 허파 속의 공기가 콧구멍 밖으로 나오는 호(呼)가 다시 시를 불러들이는 것이네.

김형수 생명을 말씀하시는 거네요. 내용도 형식도 늘 진행 중이어야 하는…….

고 은 내 시의 체질은 이백(李白) 쪽이 분명하네. 이미 시 이전에 율(律)이 만들어진다네. 내가 만들 겨를이 별로 없어. 그래서 내 시의 율(律)은 차라리 불율(不律)이라네. 그러나 이런 선천성보다 후천성을 지향할 때도 적지 않다네. 그럴 때 나는 두보(杜甫) 쪽에도 내 발바닥이 내디디고 있는 것이지.

김형수 부득이하게 어떤 틀에 의존하게 된다는 겁니까?

고 은 시는 하나의 방법만으로는 속박이네. 어디까지나 시는 자유이지. 시라는 개념조차 내버리는 자유 말이네. 시는 아기이기도 하고 막 숨지는 임종의 노파이기도 하네. 거기에서 무슨 영구불변의 논리가 견딜 수 있겠는가. 페르시아 시인들이 시의 사슬을 슬피 말한 적이 있지만 말이네.

김형수 천변만화합니다.

고 은 아리스토텔레스 시학 이래, 동양의 시론 그 밖의 몇천 년 내내 세상에 돌아다니는 시에 관한 정의들, 해명과 분석들은 나에게는 무용지물이 되었네. 한 시기는 그런 것들이 뿜어내는 현란한 논리의 권위에 호응하기도 했는데 끝내 그것들은 시에 대한 소음이라는 내 비판의 대상이 되고 말았다네. 그래서 나는 시의 어제가 없는 시의 고아이고 시의 원조(元祖)인 것이네. 이것은 나를 과장하는 말이 아니라 시 또는 시인에의 궁극적인 실태인 것이네. 내가 시를 쓸 때 처음으로 시를 낳는 것 아닌가. 누구에게도 그렇겠지. 옛과 어제의 시를 잇는 것이 아니라 시조새로서의 새가 되어 하늘을 날게 되는 것이라네.

김형수 남들이 다 잠들었을 때 세상의 불침번 같은 느낌으로 쓰신다고 하신 말씀이 다시 떠오릅니다.

고 은 젊은 날에는 밤에 썼네. 만취로 쓰는 시는 다음날 보면 거의 타작이었네. 지금은 오전에 쓰고 오후에 쓰네. 러시아 속담에 아침이 저녁보다 더 지혜롭다 했는데 이 말은 그 반대이기도 하다네. 자고 난 직후의 시가 빛날 때가 있고 하루를 다 보낸 일몰 무렵의 회한에서 시가 빛날 때도 있지.

김형수 바람에 대한 이야기를 듣는 것 같습니다. 단 한 차례도 동일하지 않은 것, 흐름이 없는 것. 우리는 어떤 동일한 형태를 지칭할 때 흐름이라고 말합니다.

고 은 내 일과는 아침 10시부터 1시 그리고 아내와의 점심 그리고 오후 3시부터 5시까지 서재에 있네. 집에 있을 때는 낮의 반주 한 잔 이외에는 술을 입에 대지 않는다네. 내 술은 철저하게 술집에 있다네. 그리고 나 혼자가 아니라 누구와의 만남이 술이네. 밤에는 맨숭맨숭 신간 열독이네. 내 눈은 자주 책읽기를 갈망하고 있다네. 지금도 증정 받은 신간과 구매로 읽어야 할 책이 나를 위협한다네. 그러나 또한 써야 할 것들이 나를 놓아주지 않는다네.

김형수 실로 오랜 날을 그렇게 살아오셨습니다. 성장기의 인간이 가장 싫어하는 일이 책 보고 공부하는 일인데, 글 쓰는 자들도 그것을 평생 감당하지 못하기 때문에 대부분 중도에서 포기하고 맙니다.

고 은 실지로 내 친구인 미국 시인 게리 스나이더도 지난날의 자신을 돌아다보면서 시가 나에게 온 것을 알았다고 말하고 있지. 이 말은 내가 진작부터 시가 왔다고 말한 것과 사촌 간이어서 기뻤다네. 고려의 정지상은 시는 둘이 쓴다고 했네. 그는 중세 고려시단의 천재였는데 김부식의 시기를 불러 일으켰지. 정지상에게 시 한 구절을 달라고 구걸한 적도 있네. 그때 정지상이 매몰차게 거절했는데 이런 사원(私怨)으로 뒷날 묘청 정지상의 주체사상과 김부식의 사대사상이 충돌했을 때 김부식이 정지상을 죽이게 되네. 그런데 정지상은 죽은 뒤 귀신이 되어 김부식이 뒷간에 가서 용변을 볼 때 그 칙간 귀신으로 대기해 있다가 김부식의 고환을 잡아 뽑아버려서 김부식이 즉사하게 되었네. 이 설화는 이규보의 시화집(詩話集) 『백운소설』에 나오지.

김형수　진짜 재미있습니다. 「송인(送人)」이라는 시의 끝 구절 "대동강 물은 어느 때 마를 건가/이별 눈물 해마다 강물에 더하는 것을."만 남아 있던 옛 시인인데.

고 은　바로 그 정지상은 생전에도 시를 쓸 때 한 행은 귀신이 써주고 한 행은 자신이 쓰는 시작(詩作)을 과시했네.

김형수　저는 선생님의 시에서 귀기(鬼氣)를 느낄 때가 있습니다. 「인도양」 또 「눈 오는 날」 이런 시에서요. 그 귀(鬼) 기운은 어디에서 시작되었을까요?

고 은 나는 내 시의 기원을 여태껏 알지 못하네. 기원(起源)이란 어떤 기원도 확실하다면 그것은 사기이겠지. 순 거짓이지. 그런데도 기원은 저 태고의 오리무중 속에 잡혀 있는 것이네. 그런 기원의 후대에 이르러서 어렴풋이 내 육감이나 무의식을 통해 추체험하노라면 나는 중앙아시아 우랄 알타이의 고원과 초원지대 그리고 시베리아 부리야트 몽골 종족의 주술에 내 유전자의 과거가 연결된 사실을 알게 된다네. 나는 바이칼 호수 알혼 섬에서 내 몸 속의 피가 마치 땅 속의 마그마가 참을 수 없이 치솟아 사화산을 갑자기 활화산으로 만드는 것 같은, 거꾸로 솟아나는 고열에 시달렸네. 그것은 내가 20대 초반 선정(禪定)에 들 때 몸 속 수기와 화기를 조절하지 못해서 머리에 온통 화두꽃이 피어 심한 고열 염증으로 사경을 헤맨 경험과도 엇비슷하네.

김형수 그런 입정(入定)의 상태에서 보여주는 모습은 불교도 샤머니즘과 달라 보이지 않습니다.

고 은 실제로 부리야트 샤먼의 연기를 보았는데, 그녀의 춤

은 관광용품에 불과했는데도 그녀의 눈빛에서 어떤 혈친의 느낌을 일으켰다네. 나는 이성(理性)보다 주술이 훨씬 더 삶의 오지를 알려준다고 생각하지. 내 언어는 주술 없이는 불가능하네. 독일 베스트 도서 선정 심사평에서 이런 동아시아의 샤머니즘 따위를 전혀 모르는데도 나를 '위대한 서정시인들의 샤먼'이라고 말한 것도 인상적이었어.

김형수 놀라운 직관입니다.

고 은 시가 나에게 오고 내가 오는 시를 마중 나가서 우리는 함께 날 저문 귀로로 돌아온다네. 임신한 아낙처럼, 부상당한 전사처럼, 목마른 혼백처럼, 그것이 내 시의 밤이 되는 것이네. 나는 늘 천체물리학과 입자물리학에 사로잡히는데 그 첨단과학이야말로 나의 샤머니즘이니까.

김형수 엘리엇은 '1사물 1언어'를 지향했다, 하듯이 고은의 세계는 무엇이다, 하고 정의할 수 있을까요?

고 은 아니네. 시인생활 60년을 내일모레로 앞두고 있는데 내 시의 여생도 무어라고 정의할 수 없는 것처럼 내 시의 몇십 년 역정을 한 마디로 단정하는 일처럼 어리석은 일도 없을 것이네. 누구는 무어라 하고 누구는 무어라 할 것이네. 그것들의 합산(合算)으로 하나의 애매몽롱한 공약수는 가정할 수 있을 터이지.

김형수 지치지 않으십니까? 세상 모든 일에는 '은퇴'라는 게 있는데요?

고 은 내 유골도 시를 쓸 것이네. 하물며 나는 아직 유골이 아니네. 나는 어제보다 더 어리고 어제보다 더 독야청청하네. 나는 이렇게 저렇게 살아 있네. 그러므로 시를 쓰네. 삶과 죽음까지도 구분하지 않은 것이 시 아닌가. 시는 본질상 연가(戀歌)이고 만가(輓歌)라고 나는 20대부터 말해오고 있지. 나는 그냥 쓰네. 쓰고 싶네.

김형수 도대체 시란 뭘까요?

고 은 시란 뭐냐고? 이 질문 속에 시가 있을까. 거기 가보세.

김형수 문익환 목사는 '예수의 아류'라는 표현을 쓴 적이 있습니다. '지식'이나 '발언'으로 표출된 가치, 즉 어떤 해석이나 주석을 '아류'라고 부르고, 그것의 원본으로 존재하는 삶

자체를 '라이센스'로 본 겁니다. 저는 선생님의 가치를 '시적 상태' 최초의 것을 지향한 사실, 존재 자체의 표출로 생각합니다.

시의 지옥은 세계 어디에도 없다

고 은 나는 러시아나 라틴 아메리카가 시의 천국이고 인터넷 판이 된 한국이 시가 저주받은 나라라고 말할 생각은 추호도 없네. 아니 시의 지옥은 이 세계 어디에도 없다네. 아니 지옥이라는 종교의 동화(童話)가 사실대로 이 세상 다음으로 있다고 한다면 그 지옥에도 시가 있을 것이 틀림없네. 시는 우주의 율동, 파동을 머나먼 자궁으로 삼고 이 지상의 인간 하나하나의 출생과 사망 사이에 동행하고 있는 것이네. 선사 조상들의 언어 이전의 언어인 '아!'라던가 '오!'라던가 하는 그 경이와 공포 속의 발신행위 자체가 이미 인간이 시를 진행하는 것이라고 하겠네.

김형수 말씀을 듣다 보면 제 상상력이 신화의 세계로 확장되는 것을 느낍니다.

고 은　인도의 『마하바라타』나 『라마야나』, 그 뒤 이런 상고시대 인도의 것이 아랍과 동부지중해를 건너가 그리스의 서정과 서사 그리고 그곳의 신화세계를 이룬 것처럼 호메로스는 호메로스 이전 2천 년 내지 3천 년의 수메르 길가메시 서사세계나 서정을 이마에 이고 있고 그 이후의 동서고금 시 역사 3천 년이 있게 된 것이네. 이 장기간의 시는 시의 황금기를 지속해 왔어. 살아도 시와 함께였고 죽어도 시와 함께였네. 아니, 인류사는 시의 역사이기도 하네. 시를 근대의 시각(視覺)에 편향된 시 쓰기, 시 읽기로 한정되면 시의 본래 면목이 무척 협소해지고 만다네. 시는 영구무한의 개념에만 담을 수 있는 불가사의한 영혼의 형식 아닌가.

김형수　업튼 싱클레어의 『힘의 예술』에서 예술의 발생을 시작하는 대목이 자못 인상 깊습니다. 낮에 사냥했던 들소의 형상을 밤에 모닥불 앞에서 땅바닥에 그려보는 장면이 나오거든요.

고 은　저 10만 년 전 남프랑스 동굴에서 꽃 화석이 발굴되었네. 시가 발굴된 것이지. 저 6만 년의 화석도 발굴했네. 지금의 이라크 지방 어느 암굴에서였네. 그런데 그 화석은 어린 아이의 것이었어. 그 아이의 이마 곁에 히아신스 꽃 화석도 함께 있었네. 이것은 무엇인가. 6만 년 전 한 어머니가 아이를 잃은 나머지 그 슬픔과 꿈으로 아이 시신을 장례 지내면서 저 세상의 꽃밭을 상상하는 꽃 한 송이를 놓아서 매장한 것이네. 또 2만 년 전의 화석이 나왔네. 한국 중부의 충주 지방에서였는데 역시 어린 아이의 것이었네. 그 이마 옆에 국화꽃 화석이 있었다네. 이런 선사시대 그 미개인류 이래 죽음에의 조화(弔花)는 길고 긴 풍속으로 오늘에 이른 것이 아닌가. 바로 이런 슬픔과 이 세상보다 더 좋은 세상을 염원하는 꿈 그리고 한없는 그리움을 담는 어머니야말로 시의 산모인 것이네. 시는 인간의 희로애락이라는 삶의 내용으로부터 나온다네. 인간의 내면은 바로 우주의 내면과 깊이 합치되어 있지 않은가. 고려 말 공민왕의 무덤 옆에 애처 무덤과의 통로를 두어 둘이 서로 포용하고 합환하는 것처럼 말이네. 음양의 성적인 현상 자체가 꽃의 세계이고 그것은 우주와 자아의 포옹이 자아내는 시인지 모르네.

김형수 업튼 싱클레어가 서구적 예술 개념에 좀 갇혀 있었나? 하는 생각이 듭니다.

고 은 시의 황금기에도 시는 생활의 1차 언어가 아니었네.

시는 밥도 아니고 돈도 아니네. 그런 건 저쪽에 있지. 시는 또한 부재로 실재하기도 한다네.

김형수 출판시장 따위가 없는 곳에도 시는 있었다는 말씀이네요.

고 은 그동안 시는 세상의 감성과 지성을 너무 많이 감당해왔네. 이제쯤 좀 쉬게 해도 되겠네. 나는 고대 당송 시대의 중국 시인으로 태어나거나 20세기 초의 시 시대에 태어나거나 하지 않고 하필 한국현대시 일백 년 이후의 시인으로 태어나 나의 시대를 역설적으로 축복의 시간으로 삼고 있네. 나는 사람들이 시를 모를 때도 시를 지켜낼 것이네. 내 점찰(占察)은 맞을 것이네. 시의 시대가 올 것이네. 인류사의 종말에는 시만 남을 것이네.

김형수 울림이 큽니다.

고 은 시는 현실의 조건이나 악조건 밑에 있지 않네. 운명이라는 말의 깊이와 천직이라는 높이와 관련되는 것이 시의 사명이네. 시는 직업 개념이 아니네. 이 세상 마지막에 시 몇 편 남겨도 될 것이네.

2016년 겨울

고은 깊은 곳 3

'존재'의 시대에서 '관계'의 시대로

김형수 선생님! 언젠가 '존재'의 시대에서 '관계'의 시대로 옮겨왔다고 말씀하신 자리에서 또 한 차례의 얘기를 청해 듣고 싶습니다. 사실, '관계의 시대'라는 말은 누구도 이웃으로부터 자유로울 수 없다는 말이며, 또한 모두가 '타자의 인질'이 된다는 말이기도 합니다. 그 부자유가 불편할 때는 어떻게 해야 할까요?

고 은 타자의 볼모라는 구속의 개념은 자아에 대한 자아라는 볼모와는 또 다른 대외성의 개념이겠지. 나는 자유라는 것도 따질수록 모호해지는 것이 아닌가 하는 의구를 일으킨다네. 나는 이런 부자유의 본질이 존재와 관계의 토대를 이루고 있다고 생각하네. 세계 각 지역의 작가를 에워싼 관계의 불화상태를 한번 살펴보세. 중국 루쉰은 근대중국문학 개척기의 선구자이네. 마오쩌둥이 그를 현대의 공자라고 정치적으로 추켜세운 이래 특히 현대중국문학에서 그는 성현의 반열에 군림했지. 그런 그가 생전에 그를 질투하거나 싫어하는 축에 시달릴 때 자신을 유령이라고 자칭했네. 또 아르헨티나의 20세기 문호인 보르헤스도 아르헨티나 국내파와 반목할 때 스스로를 투명인간이라고 자칭했어. 또 폴란드 시인 미워시도 미국 망명생활 내내 미국대학에 재직하고 있던 것이나 노벨상을 수상한 것을 시기하는 국내파한테 배척의 대상이었지. 그리스 아테네에서도 유네스코 주관 세계시인대회를 할 때 국내 반대파의 시위가 있었어. 반목은 특히 작품 폄하로부터 시작하네. 그런 뒤 그의 행적을 물고 늘어지지. 이런 세상은 지상의 생물이나 무생물에게 기본적으로 자행되는 생태와 동작의 한 현상이기도 하네.

김형수 '생태'와 '동작'이라는 표현은 '무위'와 '인위'를 연상시킵니다. '무위'는 자연의 움직임이지만 '인위'는 의지적 훈련을 거치는 움직임 같아요. 여기서 퍼뜩 생각나는데, 시적 직관은 둘 중 어디에 속하는 걸까요?

고 은 직관은 고칠 수 없는 것이고, 서술과 묘사는 그 과정에서 창조적 단서를 얻지. 시는 즉흥과 수련 두 가지가 작동하는 동시 행위 또는 석차(席次) 행위이네. 그래서 카오스와 코스모스를 딱 갈라놓으면 시는 죽어. 시 분석이 위험한 것은 그 분석의 절단으로 생명이 도살되는 까닭이네. 뱀을 토막 치면 뱀은 죽지 않는가.

김형수　시는 '생명의 소리'라고 생각해야겠군요? 선생님의 시는 확실히 그런 것 같습니다.

고 은　나의 시는 나의 시가 아니네. 어제의 나와 오늘의 나는 다르기 때문이지. 오늘이 나에게는 태초의 첫날이네. 그러므로 이제까지의 나는 나의 전생이지. 나에게는 전생의 시는 많으나 지금 막 쓰는 현생의 시는 이것이 처음이 되어야 하네. 그래서 시인생활 약 60년의 세월은 지금의 나에게는 의식과 무의식의 구별을 허용하지 않는 세월 없는 세월일세.

김형수　저희들은 자꾸 눈앞에서 일어났다 스러지고 응결됐다 해체되는 것에 집착합니다. 그에 반해 선생님은 오히려 첨단과학에 가까울 때가 많아요. 가령 "맑은 밤하늘에 보이는 밝은 달은 1초하고도 4분의 1초 전의 달입니다." 이게 제가 엊그제 과학책에서 읽은 구절입니다. 중요한 것은, 이렇게 늘 산문적 논리성을 깨뜨리는데 그것이 훨씬 세계의 실체에 접근한다는 사실이에요.

고 은 시인의 생애가 처음부터 끝까지 동어반복의 삶이라면 나는 그것을 용납할 수 없네. 자기 모방은 시에서 가장 경계하는 시각이기도 하겠지. 만약 김소월이 30대 초반에 아편자살을 하지 않고 70세나 80세를 살아서까지 그 천편일률의 민요적 서정세계에 머물렀다면 그런 자기정체의 세계가 얼마나 참담할 것인가를 생각해보게.

김형수 저는 가끔 선생님이 거대한 대양 위를 통과하는 배 같다는 생각을 해보곤 합니다. 깨달음의 광야랄까, 세상의 미지 속을 쉼 없이 홀로 가는 모습 말입니다.

고 은 실제로 한국현대시는 제1기의 최남선이나 이광수가 딜레탕트로 그치고, 그들이 박학적(博學的)인 여러 분야를 섭렵하거나 대중소설 분야로 나아간 이래 김소월, 이상, 윤동주, 정지용, 이육사 등이 자살, 요절, 타살, 행방불명 등의 비극으로 끝나면서 그들의 시의 중단상태가 그들 생애의 애석함과는 달리 그들 삶과 예술을 미완의 매혹으로 강화한 사실이 있네. 만약 그들이 평상의 삶으로 오래 살아서까지 그들이 남긴 얼마 안 되는 작품을 그대로 반복하는 것이었다면 어쩔 뻔했는가.

김형수 요절한 천재들을 읽다보면 더러 사후의 시대변천을 겪지 않아서 다행이다 싶은 경우가 없지 않습니다. 가령, 김수영을 한국 근대정신의 서두가 아니라 말미에서 만났다면 어땠을까요? 1980년대에도 이미 공업화론자라 경계하는 이들이 있었거든요.

고 은 나는 김수영의 40대 교통사고사를 잘 알고 있네. 그 뒤의 시대 격랑에서 그의 삶이 어떻게 굴절되고 그의 시가 어떻게 또 다른 세계로 나아가지 못했겠는가도 가정해보지. 그럴 때 소름이 오싹 끼치네. 이런 문제들은 바로 나에게 닥칠 문제이기 때문이네. 우리가 1980년 5월 신군부에 의해 내란음모죄 등을 걸었던 계엄령체제에서 투옥당할 때 김수영의 모친이 "우리 수영이 차라리 잘 죽었어." 하고 개탄했다 하네. 김수영의 40대 종말은 그의 시적 생명의 절정이기도 하지. 그런데 나는 내 전반기, 중반기 그리고 후반기로 나누는 직선적인 편법으로써의 시적 시대 구분론은 너무 안이한 것으로 생각하기도 하네.

세상의 파동이 영혼의 해안에 닿아서 나를 움직였다

김형수 그렇게 구분 당했던 점을 혹시 서운하게 생각하시는 겁니까?

고 은 이런 구분을 싫어할 이유는 없네. 그리고 이런 구분에도 불구하고 시의 축도(縮圖)는 이따금 이해하는 방식으로는 편리하기도 하지. 앞에서도 말했듯이 초기의 허무주의, 중기의 참여주의 그리고 이것들을 아우르는 종합주의로서의 1990년대 이래의 시에서 내 시적 전환의 동기는 시대와 나 사이의 불화나 조화의 합성(合成)이기도 하지. 다시 말하면 시대나 세상이 나에게 파동을 보내고 내 영혼의 해안에 그 파동이나 진동이 닿아서 나를 움직인 것이라는 거네.

김형수 와, "시대나 세상의 파동이 영혼의 해안에 닿아서 나를 움직였다!" 다른 분 같았으면 시대상황 속에서 불가피했다고 말했을 텐데요.

고 은 흔히 범아일여(梵我一如) 따위의 고대 인도사상은 특정한 것이 아니라 보편적인 것이고 그것은 인도만의 것이 아니라 지구 도처의 진실을 공감시킨다네. 나는 내 외부인 세계를 구성하기도 하고 세계는 내 구성의 절대요소이기도 해. 나는 가랑잎새 없이 가랑잎을 노래할 수 없네. 나는 별 없이 바람 없이 별과 바람의 노래를 부를 수 없네. 아니, 내가 바람이고 바람이 나이지.

김형수 직관적 언어의 경이로움이란 참!

고 은 실제로 나는 바람이야말로 내 운명과 일체인 것을 깨닫는다네. 시의 동기는 만물, 삼라만상의 동정(動靜)에 들어있어. 내 명사들은 신성한 동사의 사생아들이야. 그리고 내 몸속의 오장육부 속에, 몇십조의 세포 하나하나 속에, 시의 알파와 오메가가 들어있네. 내 정자 속에 들어있지. 이 정신의 정자가 세상의 난자와 만나 선택된 세계인 한 편의 시를 낳는 것이네. 결정적 계기는 내 생애의 몇 번이 아니라 몇백 번일 것이야.

김형수 사유의 마술 속으로 빠져드는 느낌입니다. '언어도단'이 시작되는 자리랄까. 사실, 꽤 많은 독자들이 선생님의 시에서 선승(禪僧)을 만난다고 합니다. 불교적 상상력 때문이라는 거예요.

고 은 불교는 내가 선택한 기억이 없네. 나는 고향의 전후, 그 참혹한 학살을 경험한 뒤의 자생된 허무 속에서 가출을 거듭하다가 길에서 우연히 편력승을 만나 그의 뒤를 따라감으로써 불교를 만난 것이야. 그 당시는 승려들도 산중의 빨치산 근거와 산악전투로 인해 내려와 떠도는 상태였는데 그때 그런 노상의 승려를 나도 만날 수 있었던 것이지. 나는 그 승려의 뒷모습에 마치 자석에 눌어붙는 바늘처럼 눌어붙은 상태였어. 그 승려는 몇 번인가 나를 쫓았으나 그래도 나는 그를 따라갔다네. 그런데 놀랍게도 그 승려가 동서철학을 다 꿰뚫는 석학의 선승이었어.

김형수 불교에서는 시 같은 것들을 아주 허무하게 여기지 않습니까? 대지의 생명현상을 본래 없었던 것으로 보니까요. 마치 풀포기가 봄에 피어났다가 가을에 흩어져 버리면 봄가을 사이에 오고간 것이 무엇이던고, 하는 허무 말입니다.

고 은　말하자면 내 허무는 자생의 허무였지. 편력승과 나는 떠도는 길 가녘에서 선(禪)을 했어. 둘이 인근 10리 이내의 원을 그려보면 그 안에 반드시 암자가 있어서 그런 암자에 머물기도 했어. 이런 편력 중에 그 미남의 중견승려는 황해도 피난민 인텔리 여성을 만나서 나를 멀리 보내게 된 것이네.

김형수　그 시절을 읽은 기억이 납니다. 선생님의 시에도 그런 도보 세대의 대지편력이 곳곳에 스며있어요. 「인도양」 같은 시는 화자가 바다 위 뱃전에 서 있는데도 제게는 대지의 나그네가 먼저 보입니다. 승려시절 이야기를 좀 듣고 싶습니다.

고 은　나는 경남 통영의 효봉선사에게 갔지. 거기서부터 본격적인 선 생활을 했네. 내가 목포의 포교 강연장에서 법정을 입산시키기도 했어. 그래서 법정도 효봉의 제자가 된 것이네. 내가 시인이 된 뒤 법정도 시를 썼지. 그의 시를 추천하도록 애를 썼으나 잘 되지 않은 나머지 내가 수필을 권유했고 그의 수필을 《현대문학》에 실리게 해주었어. 그것이 법정의 산문 쓰기 시작이었네.

김형수 아하, 법정 스님의 글쓰기 이력이 그렇게 시작되었군요. 그런데 선생님은 전혀 다른 길을 가시는 거죠?

고 은 나는 산중에 있다가 비구승단의 요청으로 서울로 갔네. 《불교신문》을 창간하고 주필을 했지. 나에게는 반야사상, 화엄사상 그리고 선의 세계에의 섭렵이 있었어. 그런데 1962년 나의 환속 이래 불교는 이미 내 심신 속에서 소화된 나머지 내 뼈의 일부, 내 뇌의 일부가 되었을 것이야. 그래서 내 정신 속에 담겨진 불교는 없네. 몇십 년 전에 마신 술에 지금까지 취해 있다면 그런 초시간의 축제는 얼마나 장엄하겠는가. 그러나 그것이 그렇게 오랫동안 나에게 남겨져 있다면 나는 얼마나 진부한 과거의 해골이겠는가. 나는 세상의 모든 가치와 진실이 있으면 그것을 갈망한다네. 그러나 그것에만 매장된 유산의 쓰레기가 아니지. 나는 막 태어난 아기의 울음소리여야 하네.

동심과 열정이 시인의 도구이네

김형수 「을파소」였던 것으로 기억합니다. "하늘에는 거미줄이 자라고/때때로 별빛이 거기에 걸리며 내려온다." 이런 광경은 정말 갓 태어난 눈동자에나 보이는 게 아닐까 싶습니다. 낯설음의 극치 같아요.

고 은 동심과 열정, 거의 천부적인 이것들이야말로 시인의 도구이고 소도구이네. 무엇보다 탐구하는 자의 의지가 필수이지. 나는 지금껏 학생이 아닌 적이 한 번도 없었네. 나는 선생이나 교사라는 칭호가 가장 혐오스럽고, 나는 늘 나 자신과 세계로부터 배우는 자이네. 우주가 나의 유치원이고 내 대학원이지.

김형수 계몽주의와 상극이 아닐 수 없었어요. 초기부터 이미 "스승도 베어라, 벗도 베어라." 노래했듯이 세상의 모든 교훈들과 격전을 치르며 살았으니까요. 그 「살생」이라는 시를 저는 얼마나 나중에 이해했는지 모릅니다.

고 은 나의 시에 「그 시인」이란 것이 있네. 그가 먼 길을 갔다 오다가 죽었는데 그에게는 단 한 편의 시도 남아 있지 않았어. 아이들도 아낙들도 돼지도 멧돼지도 그를 시인이라 불렀지만 그에게는 정작 한 편의 시도 없었던 것이네. 그래서 어떤 시인이 그를 대신해서 시 한 편을 썼지. 그러자마자 그 시가 날아가 버렸고 저 5천 년 전의 옛 시로부터 세계 각처의 현대시 전체가 다 대기 속으로 날아가 버렸네. 그래서 이 세상에는 시 한 편도 남아 있지 않게 되었어. 말하자면 시에서도 삶에서도 과거의 유산을 추종하거나 답습하는 것을 배제하는 시원성이 있어야 한다는 거지.

김형수 자못 통렬한 시선입니다. 저는 교육기관의 자식이 아닌데도 세계의 원본과 마찰하지 못하고 늘 타산지석이 될 텍스트를 필요로 했습니다.

고 은 근대 교육기구의 대학에서도 교수와 학생은 절대관계였어. 최근까지도 이런 도제(徒弟)가 문단에도 만연된 풍토였네. 대학 국문학과나 문예창작과에서 교수와 학생은 그 교수의 추천으로 시인이 되면 평생 스승시인과 제자시인들의 단합이 문단 세력을 장악하지. 나는 이런 한국문단의 구악(舊惡)을 타파해야 할 과제로 삼고 있네. 아니 이런 문단에는 아예 내 발을 들여놓지 않았네.

김형수 여기서 궁금한 것이 있습니다. 도대체 선생님은 시를 맨 처음에 어떻게 배웠을까 하는 겁니다.

고 은 우선 내 문단 데뷔부터 말하는 것이 좋겠네. 나는 1947년 일본인 중학교가 빈 상태로 조선인 중학교가 된 곳에서 중학생이 되었어. 그때 1학년 교과서는 해방된 모국어로 되어 있었지. 거기서 시를 처음으로 만났어. 이육사의 「광야」야. 이 시는 다른 시들이 임이여 임이여 따위를 노래하는 것과 다르네. 제목이 「광야」이니까. '광야'란 교실이나 운동장 한 도시의 거리 따위가 아니라 커다란 공간이 아닌가. 그 시 속의 시간도 닭이 태어나기 전의 광겁 태곳적의 커다란 시간이네. 1시나 1일이나 1년 따위가 아니라 1생 따위도 아니라 영원무한의 시간이지. 그런데 이런 커다란 공간과 시간에 더해서 인간도 '초인'이야. 니체의 초인(위버멘쉬)이나 인도 철학의 오존빈도 초인, 20세기 초기 이탈리아 시인 단눈치오의 초인 사상과 상관있는지 아닌지 모르지만 한국의 우국시인 이육사의 시 세계에 이런 초인이 나타나고 있는 것은 그 뒤로도 놀라운 사실이네. 그리고 이 초인은 백마 탄 초인이기도 하지. 이런 시 세계의 장엄함 때문에 나는 처음으로 만난 시에 두려움이 몰려왔어.

김형수 저는 고등학생 때 선생님의 시 「부활」을 읽고, 동해 낙산사 빨랫줄에 널린 마른 오징어들을 호명하면서 그것들에게 싱싱한 물오징어로 되살아서 동해 해조음을 들으라는 표현에 얼마나 놀랐는지 모릅니다. 그래서요?

고 은 나는 시가 무서웠네. 그리고 이런 시를 쓸 생각도 할 수 없었어. 나는 미술부에 들어가 방과 후 미술실에서 그림을 그렸네. 많은 책이 꽂혀 있는 외삼촌의 서가에서 반 고흐의 그림과 편지들을 본 뒤 나도 화가가 되기를 결심한 것이지. 어느 날 방과 후에 그림을 그리고 날 저물어 4킬로미터의 집에 이르는 그 어둠 밭 속 길에서 나는 길가의 책을 만났어. 시집이었네. 『한하운시초』라는 시집이야. 누가 사 들고 가다가 분실한 것이지. 그러나 나는 그 시집이 나를 기다리고 있는 것이라고 생각했어. 그것을 가지고 집으로 가서 밤 이슥토록 울면서 읽었네. 그리고 새벽에 맹세했어. 나도 이 시인처럼 문둥병에 걸릴 것과 이 시인처럼 떠도는 시를 쓸 것을.

김형수 한하운의 시가 나를 기다렸다고 생각하고, 또 비극을 천직으로 삼으려 하는 태도, 이런 정신을 정말 어떻게 언술해야 할지 모르겠어요. '절대순정'이랄까. 하지만 아직도 시를 쓰는 장면은 나오지 않았습니다.

고 은 몇 달 뒤, 6·25 사변이었네. 시인이고 화가고 뭐고 그따위 꿈이 얼마나 허망한가를 알게 되는 전쟁 속에서 죽음만이 내 현실이었어. 그 죽음 속에서 살아남아 내가 집을 나가 떠도는 동안 나는 뭔가를 쓰고 있었지. 그런 것 중 하나를 고향의 추상화가 나병재에게 주었네. 그는 김창렬 박서보 등과 전후 조선일보 현대작가 초대전에도 참가한 서울대 미대 출신 화가였어. 나는 승려가 되어 그와 헤어진 지 오래였는데, 그가 1957년 한국시인협회가 창립되어 그 기관지를 낸다는 것과, 그 기관지가 폐단이 많은 추천제를 폐지하고 우수한 신인의 작품을 발표해 바로 등장시킨다는 것을 신문기사로 보고, 간직하고 있던 내 시를 베껴서 서울로 보냈다네. 그것이 1958년 창간된 《현대시》에 신인작품으로 실리게 된 것이지. 회장 조지훈이 뽑은 것이네. 나는 이 사실을 모르고 있었어.

김형수 등단한 사실도 모르고 계셨군요?

고 은 그렇지. 그 뒤 내가 산중에 있다가 서울로 가 선학원에 머물며 비구승단 대변인 역할로 신문 잡지의 서투른 편집을 맡았어. 그때 빈 공간을 메우느라고 내가 쓴 것을 끼워 넣게 되었네. 내 글을 보고 조계사로 시인 구상이 찾아와서 그 이래 그와 친교했지. 또 나는 한용운이 간행하다 폐간된《불교》를 복간하려고 추진하고 있었어. 오대산 월정사 탄허스님이 지원했네. 그런데 나는 편집을 할 줄 몰라 자주 지면 공간이 생겼지. 그 공간을 메우기 위해 내가 쓴 것을 넣었어. 내 은사와 나를 좋아한 남자 신도(信徒) 중에 교통부 간부가 있었는데 그가 자주 내 방에 와서 내가 편집한 것을 읽어보다가 바로 공간 메우기로 발표한 내 글을 누가 쓴 것이냐 물었네. 알고 보니 그는 이태준 소설을 깊이 아는 사람이었어. 며칠 뒤 내가 쓴 것이 몇 개나 되느냐고 묻기에 다섯 개쯤 된다고 했지. 그가 나를 갈 데가 있다며 끌고 나갔는데 그곳이 마포 공덕동의 서정주 자택이었네. 내가 쓴 것을 그 사람이 서정주에게 주었지. 서정주는 손님대접이었는지 그것을 그 자리에서 다 읽고 나서 이것은 내가 대번에 추천해야겠다며 놓고 가라 했어.

김형수 아하, 그것이 「폐결핵」입니까?

고 은 「폐결핵」은 한국시협이었고, 1958년 11월호《현대문학》에 「봄밤의 말씀」 등 3편이 발표되었네. 당시 3회 추천은 몇 년도 걸렸어. 그런데 나는 단회로 3편을 추천해서 바로 문단에 나오게 된 것이네. 이렇듯 내 의사와 상관없이 나는 친구나 어떤 인연에 의해서 손쉽게 시인 생활을 시작할 수 있었어. 나 이후 단회 추천은 없었네.

나는 내 시의 조상이야

김형수 김수영 시인과도 특별한 인연을 갖고 계시지 않았습니까? 선생님이 동료시인들과 술을 마시다가 취해서 호기롭게 다 데리고 김수영 시인을 찾아갔다는 후일담을 읽은 기억이 나는데요. 김수영 시인과는 인연이 언제 시작됩니까?

고 은 김수영의 경우는 그보다 더 전이네. 입산해 군산 동국사에서 사미승 시절을 지나며 경전을 익혔는데 내가 이따금 지역 신문에 한두 번 글을 쓴 것을 본 송기원이라는 멋진 사람이 절에 찾아와 함께 동인회를 만들자 했네. 처음의 고사에도 불구하고 두 번째에는 응낙했지. 그래서 이따금 '토요동인회' 작품전시에도 참가했어. 그 동인회에서 처음으로 문학강연회를 주최했네. 전주의 가람 이병기와 신석정 그리고 서울의 청년시인 김수영이 강사였어. 김수영은 바로 송기원과 함께 일제말기 만주에서 연극배우 노릇을 함께 한 사람이었어. 그는 발레리를 좋아하는 시인이기도 했지. 그가 옛 친구인 김수영을 오게 한 것이네.

김형수 김수영 시인은 이미 지방까지 알려진 유명인이셨군요?

고 은 그의 문학강연은 대성황이었네. 청중이 서서 들어야 할 정도였어. 그런 뒤 지역 동인들이 작품을 김수영에게 보여 평가를 듣는 자리가 마련되었네. 내 작품 몇 개도 그가 보았지. 다른 사람의 것은 친절하게 지적하고 격려하는데 나의 것에는 아무런 말도 없었네. 그리고 만취상태로 군산을 떠났지. 훨씬 뒤 알게 되었는데, 김수영이 내 작품을 보더니 서울로 가지고 가서 문학지에 발표하겠다고 송기원에게 말하자 송기원은 내가 아직 어리니 너무 일찍 시단에 내보내면 안 된다, 더 정진시키자 해서 나에게는 한 마디 반응도 없었다는 것이었네. 그 뒤 내 서울의 시인생활 그리고 내 제주도 체류기간에 김수영은 고은이 제일이다 하고 격려편지도 보냈어. 수필 「재주」라는 글에서는 나를 '불란서적인 천재'라고 칭찬했네. 또한 나는 김수영 일가와도 친밀한 사이였지.

김형수 결과적으로 당대 한국시의 기본형을 구축하고 있었던 상반된 두 분의 시인으로부터 동시에 총애를 받는 거의 유일한 시인이 되신 겁니다.

고 은 이런 관계로 서정주와 김수영과의 나의 시적 혈친 관계는 어느 정도 인정하네. 그러나 나는 체질적으로 어떤 수직의 계보에 나를 종속시킬 수 없다네. 나는 체제나 어떤 분류에서는 운명적으로 이단자이지. 나는 누구의 제자라는 것을 가장 치욕이고 굴욕으로 삼네. 신(神)의 제자라면 더욱 그럴 것이네. 내가 니체를 늦게까지 좋아하는 이유가 그는 언제나 스승이 없기 때문이지. 물론 쇼펜하우어와 스피노자가 있었지만 그것은 하나의 지지기반이었을 뿐이었네.

김형수 스승의 자리가 없는 존재, 선례를 갖지 않는 정신을 이단자에 비유하면 안 될 것 같습니다. 이단자는 다른 것을 따르는 자이니까요.

고 은 나는 내 시의 조상이네. 상상 속의 나에게는 아버지가 없네. 나는 우주의 미아이고 이 세계의 고아야. 둘 다 이미 충분하거나 과분하거나 한 은총이네. 굳이 나의 서정주로 나의 김수영으로 거기에 더할 까닭이 없지. 그것은 나의 이상도 나의 정지용도 나의 백석도 의무가 되게 하네. 지금 나는 그런 것에 내 시간을 나눠줄 겨를이 없어. 앞으로는 모르겠네.

김형수 발터 벤야민은 파괴자는 건설하려고 하지 않는다, 파괴자는 파괴할 뿐이라고 말합니다. 이렇게 모든 우상을 무너뜨리는 자리에 있는 것이 진정 시가 아닐까 생각합니다. 선생님은 시인을 저마다 하나의 독자적인 정부라 하셨지요?

고 은 시와 시인은 때때로 하나이고 때때로 둘이지.

김형수 그래서, 또 그렇기 때문에 군부 독재는 애써 시를 지배하려 들지 않습니까?

고 은 나는 군부에 아부하거나 신군부에 놀아나거나 권력에 의존하거나 권력에 굴종하는 것이 시인의 위엄을 모독한다고 생각하네. 하지만 내 문학이 어디에 예속되는 것을 두려워한 적은 없지. 왜냐하면 내 문학은 단 한 번도 어디에 종속된 적이 없는 고독이기 때문이네.

김형수 1970년대 초반에 홀연히 선생님의 시세계가 순수문학에서 참여문학으로 진로를 바꾸었다고 유감을 표하던 동료들은 없었습니까?

고 은　이 새 저 새의 지저귐에 하나하나 조류학자처럼 따지지 않네. 문학 안에서 또 문학 밖에서의 여러 발언들은 그것들대로 놀게 하라는 것. 내 귀는 다른 것을 들어야 한다는 것이 내 생각이네. 그리고 순수니 참여니 하는 도식은 아주 낡아버린 폐기물이네. 이념 타령은 오래전에 무효화되었다네. 순수 또한 전혀 무효화한 지 오래이네!

김형수　혹시 좋아하는 시인이 누군지 여쭤도 됩니까?

고 은　페르시아 시인 몇이 가장 위대하지. 그리고 나의 형 이백이네.

김형수　그런 시인들을 인류는 앞으로 얼마나 기억하게 될까요?

고 은　인간은 사후의 얼마 동안은 죽지 않는 상태이네. 그 정도의 기억을 내가 싫어할 필요는 없지. 기억하다 말 것이네. 저 2천 년 전의 「공무도하가」 속 백수광부의 기억이 아직 있네.

김형수 '나의 형 이백'이라는 표현이 참으로 강렬합니다. 하지만 『고은 전집』을 처음 접했을 때는 '전생 연보'를 보고 좀 어리둥절했어요.

고 은 전생 연보는 세계의 작가 연보 어디에도 없는 연보인 것을 나는 아네. 나는 내 생애의 앞과 뒤가 없는 단절을 용납할 수 없다네. 하나는 하나 이전과 하나 이후의 과정 속에 있지. 비종교적으로도 상상적으로도 사실상으로도 그렇다네. 나의 전생 연보는 앞으로 더 상세하고 더 길게 서사화할 것이네.

김형수 선생님이 말씀하신 '전생'에 대한 실감을 『두 세기의 달빛』을 이야기할 때 알게 됐어요. 개구리도 올챙이도 다 별의 부스러기 아닙니까?

고 은 모르겠네. 새나 들짐승이 되고 싶네. 아니 아메바이고 싶어. 아니, 우주 암흑물질의 한 단위로 살고 싶어. 생도 사도 아닌 것으로.

김형수 저는 생명의 크기는 그가 사유하는 대지의 크기, 즉 인간이 껴안을 수 있는 세계의 크기요 그리움의 크기라는 생각을 종종 해보곤 합니다.

고 은 카르마지. 사실인즉 그리움이라는 것이 지나치게 감성적인 요인으로만 풀이되는데, 그 너머의 세계전개와의 관계로도 이해되어야겠어. 생명공간의 기류(氣流)가 되는 것 말이네.

김형수 언젠가 나의 신은 세종대왕이라고 말씀하신 적이 있습니다. 한국문학사를 아무리 뒤져도 모국어에 그렇게까지 애착을 가졌던 분은 없었는데요?

고 은 한국어는 기적이지. 동북아시아를 오래 군림한 한자문화권에서 한자를 체화(体化)하면서 조상 대대로 일구어온 모국어를 지속적으로 보강해온 것이나 대륙의 여러 종족들의 언어인 만주어 등 몇 개의 언어들이 사어(死語)로 된 뒤에도 살아남아서 오늘에 이른 것은 세계언어사에서도 드문 사례일 것이네. 더구나 고대 이래 한자를 받아들이는 과정에서 이두라던가 여러 편법을 고안해서 문자언어의 대안을 시도한 것도 지혜롭거니와 한자의 원음을 토착화해서 한반도 발음으로 사용한 것도 그렇네. 그럼에도 불구하고 이런 임기응변의 변방에서 문자언어의 독립을 연 15세기 세종 어제(御製)

의 한글이야말로 한민족의 영광이 아닐 수 없어. 그런 일은 거의 종주국 행세를 하던 중국의 천하체제를 거역하는 일이기도 한 것이지.

김형수 '신', '영광' 이런 낱말도 선생님의 표현으로서는 아주 이례적입니다. 그렇게까지 전폭적인 이유를 더 구체적으로 들려주셨으면 합니다.

모국어의 분단사태 앞에서

고 은 문자의 이탈과 문자의 독립은 그것이야말로 고착되어 온 사대체제에 대한 거부를 뜻하는 것이지. 어디 이뿐인가. 세종은 달력의 세시와 시간측정, 음악 등에서 광범위한 민족화를 구현했네. 또한 6진 개척의 완수로 한국사 몇천 년 이래 가장 불안전한 국경이 그제야 확정되었네. 고대 부여 고구려의 대륙권을 상실한 뒤 통일이라는 것이 북위 39도선 언저리를 불안하게 오르내린 것이지. 중세 고려의 북방 경계 유동성을 이어 근세 전기 세종연간에 와서 처음으로 견고한 국경이 확정되었네. 조선 말기 이런 국경조차 제대로 수호할 능력이 없어 청나라 임의로 백두산 밑이나 백두산 연원의 송화강 상류인 토문강을 내주고 두만강 언저리로 줄어든 것이지. 세종은 전천후적이고 전방위적이고 전인(全人)으로서의 왕이었어.

이런 성현으로서의 왕, 인도의 전륜성왕이나 고대 그리스의 철인왕의 면모를 유일하게 갖추었던 왕이었지. 바로 이 세종에 의해서 한글이 만들어진 것이네.

김형수 저 북방 대륙의 상상력이 세종대왕을 통해 살아남았다는 생각은 미처 해보지 못했습니다.

고 은 그는 속리산 복천암의 학승(學僧) 수미와 신미가 범어에 숙달한 것을 알고 그 범어의 용례에 강한 영향을 받았네. 또한 범어가 티베트로 넘어와 티베트문자가 되고 그것이 다시 몽골에 건너와 몽골문자로 발전한 과정을 통해서 몽골문자도 참조하지. 중국의 강남 방언의 성운(聲韻)도 익히게 되네. 이런 횡적인 환경과 고대 역(易)사상의 철리와 한반도 산하의 여러 자연이 내는 소리 그리고 인체 발언의 입구조 등을 면밀하게 파악함으로써 한나절이면 다 익히는 문자를 지어냈고, 세상의 소리를 그대로 받아쓰는 드넓은 성가(聲價)를 가진 문자를 세상에 발표한 것이네. 이 과정에서 많은 반대와 장애가 있었지. 한자체제의 식자층 반대세력을 견뎌내며 중국에 대한 신중한 방어를 지속하기란 실로 험난한 과정이었어. 한글은 세계 언어학계에서 공식적으로 가장 위대한 문자로 선포되었지. 유네스코에서도 매년 문맹타파에 공헌한 세계 각국의 언어교육자 하나를 선정해 베푸는 상의 이름이 바로 '세종대왕상'인 사실로 미루어도 세종의 한글은 긍지의 문자인 것이네.

김형수 말씀을 듣다보니 저도 한글에 대한 인식이 더 깊어져야 할 것 같습니다. 늘 파편적인 것만 알고 있었다는 생각이 들어요.

고 은 나는 그로부터 5세기 뒤의 사람으로서, 이런 한글이 고난을 이겨내고 살아남아 내 운명의 문자언어가 된 축복을 어느 축복과도 바꿀 수 없네. 그동안 한자 봉건사회가 세종 세조 이후로 한글을 언문이라는 하대(下待)는 물론이고 뒷글이니 암글이니 똥글이니 하며 배척하는 동안 지하화해서 살아남았다가, 고종의 대한제국 선포와 함께 한글은 자주국가의 문자로 공공문자로 한자와 병용하고 공인되기에 이르렀어. 그런 뒤 또 바로 일제 식민지에서 끝내 한글은 폐지되고 국어도 금지당한 암흑시기를 지난 것이니 1945년 해방은 한글의 해방, 모국어의 독립이었던 것이지. 그러나 그 해방의 정치 차원은 해방이 아니라 분단이었네. 38선은 그 자리에 휴전선이 되어 남과 북은 각각의 체제에서 모국어의 분단도 고착시켰지. 이런 우리 국어의 역사에 대한 성찰을 통해서 남과 북의 언어문자 복원과 그 새로운 통합을 위해 나는 『겨레말큰사전』 남북공동편찬사업에 동참하고 있는 것이네.

김형수 그 점 매우 각별하게 생각하고 있습니다. 모든 활동을 후배들에게 넘겨준 후에도 『겨레말큰사전』 사업만은 결코 일선을 떠나지 않으셨으니까요.

고 은 이 사전의 또 하나의 취지는 남과 북뿐 아니라 근대 후기 이래 한국인의 해외이주로 그들이 가지고 간 당대의 국어 유산들도 하나의 광장에서 결집함으로써 민족의 남과 북 해외를 망라하는 국어대교향악을 지향하는 것이네. 그래서 노령·연해주·간도 일대, 중국·일본, 1960년대의 미국과 유럽 등지로 가져간 제1세 국어의 흔적까지도 예외로 두지 않는 의미가 생겨났지. 앞으로 3, 4년 이내에 하나의 통일 국어사전이 나올 것이네. 이것은 장차 우리 겨레가 하나의 나라로 될 때 바탕이 되어줄 것이야.

김형수 그 결실이 기대됩니다. 남북·해외에 흩어진 말들을 한 곳에 모은다는 소식은 곧 남북·해외에 흩어진 삶의 모습들을 한 자리에 앉힌다는 소식과 다름없으니 말입니다.

고 은 사전은 늘 불완전하네. 늘 첨가하고 삭제해야 하지. 이런 일을 위해서 겨레말사업은 1차의 사전 간행으로 끝날 수 없어. 나는 모국어의 은혜로 내 생애를 한국문학에 바치는 자로서 이 사전이야말로 내 보은이고 사명이라고 보네. 그래서 사적으로나 공적으로 이 사업에의 참여를 나는 특별한 체험으로 삼고 있는 것이지. 나에게는 이 한국어와 한글밖에 없네.

김형수 선생님이 그간 쓰신 글들이 한국어의 능력을 유감없이 증명하리라 생각합니다. 실로 방대한 양을 쓰셨는데 저서를 다 기억하실 수 있습니까?

고 은 버드란트 러셀에게 누가 물었네. 당신은 그동안 얼마나 책을 냈는가? 그러자 그는 내 키만큼 긴 길이에 해당하는 책을 냈다고 대답했어. 이대로 따른다면 나는 내 신장(身長)을 훨씬 넘는 길이의 책을 냈네. 언젠가 우리 집에 방문 취재하러 온 스웨덴 기자는 내 저서의 코너를 보고 백과사전 같다는 기사를 썼지. 나는 이런 것을 굳이 떠벌리지는 않는다네.

김형수 총량이 얼마쯤일까요?

고 은 사실 나는 내 저서가 몇 권인지 정확히 모르지만 150~160권이 된다고 들었네. 2002년판 『고은 전집』은 38권인데 그 뒤의 몇십 권의 저작들이 이어지면 45권쯤인가 될 거야. 그런데 사람들은 나더러 다작이라 하지. 이 말은 참으로 낮은 수준의 지적이네. 괴테와 위고의 저작들 규모를 모르는 소리이지. 톨스토이를 모르고 하는 소리이네. 그들은 서간 전집만 따로 정리해도 어마어마한 규모라네.

김형수 톨스토이는 시중에 나와 있는 책만 해도 엄청납니다. 소설 못지않게 『인생론』 같은 책들도 많은데, 상대적으로 우리나라 작가들에게는 그런 작업이 좀 귀한 편입니다.

고 은 한국현대문학사의 유산은 거의 절대빈곤 상태인지 몰라. 1920년대와 1950년 사이의 기간 시인은 시집 한 권이기 십상이었네. 그것도 그 안에는 30편, 40편 작품이 수록되었지. 많은 시인들이 20대에 30대에 삶을 중단했어. 이런 결핍을 내가 조금 메우는 사명을 가진 것인지 몰라. 하지만 앞으로 나는 장시와 일반시 그리고 단시의 시 행위와 그 밖의 산문작업도 더 이어갈 것이네.

신명이 내 손을 달리게 하지

김형수 도대체 무엇이 그토록 많은 글을 쓰게 하는 걸까요?

고 은 나는 신명(神明)이네. 이 신명이 내 손을 내달리게 하지. 나는 춤이네. 나는 주술이네. 내 마음속에는 춤이 차 있어. 그것이 몸 밖으로 나오는 것이지.

김형수 신명이자 춤이 맞는 것 같습니다. 존재가 대지와 마찰하는 순간에 마치 관능처럼 선생님의 시가 나오니까요.

고 은 모든 단어가 내 에로스이네. 그중에서 제비를 뽑으라면 '파도'일 것이네. '바람'일 것이네.

김형수 그 같은 접신 상태를 처음 느끼신 때를 기억하실 수 있습니까?

고 은 1960년대 3년간 제주도에 살 때 사라봉 옆 별도봉 절벽에 부딪치는 파도의 그 필사적인 율동이 내 시의 율동으로 이입된 체험을 잊을 수 없네. 제주도가 내 시의 원향(原鄕)이라고 말하는 이유가 여기 있지. 파도는 끝내 우주의 파동에 나를 쏘아 올리네. 그래서 한때 내 무덤은 파도 위라고 했어. 실지로 비극적이지만 미군에 의해서 만들어진 빈 라덴의 무덤은 아라비아 바다 아닌가.

김형수 글쓰기 말고 하고 싶은 일은 없습니까?

고 은 문학의 한 작업 막간에는 딸의 화실에 가서 그림을 그릴 것이네. 붓글씨도 쓸 것이네. 한자와 한글로 다 쓰고 있네.

김형수 조선시대 선비들은 "시는 형상이 없는 그림이요 그림은 형상이 있는 시"라고 했는데, 선생님도 그렇습니까?

고 은 그 말은 먼저 소동파가 했지. 그림에 대한 이런 일련의 표현은 나에게 새삼스럽네. 시는 예술의 다른 분야에서 하나의 절대원소인지 몰라. 지난 가을에는 프랑스의 한 아트페어가 기획해 열린 국립미술원 미학 심포지엄에서 자연과 미학에 대한 기조강연을 했네.

김형수 아직 가지 않은 길이 시의 길 말고 또 있다는 말씀입니까?

고 은 나는 변성기의 소년이네. 내 생애에는 하나의 진화론이 맞지 않아. 철 없는 철 그대로 여기에 이르렀네. 사물 앞에서 지금도 옛날처럼 부들부들 떠네.

김형수 '소년 정신'을 말할 때마다 하늘을 달력으로 삼고, 별을 지도로 믿는 분 같다는 생각이 듭니다. 혹시 선생님의 정신을 계승한 후학을 본 적이 있습니까?

고 은 없어. 나는 누구의 인도자가 아니네. 나는 그들과 함께 숨 쉬고 있는 동행자일 뿐이지.

김형수 오늘의 젊은이들에게는 내일이 없다는 말을 많이 합니다.

고 은　나 또한 내일 없는 시대를 살아왔네. 그렇다 해서 그들의 고통을 기피하지 않는다네. 정치와 경제가 독점적 성장의 회로를 전환시켜야 하지. 국가의 부가 청년의 부로 사회화해야 하네. 이것은 윤리의 문제가 아니야. 그런데 지구 도처의 청춘은 거의 다 중증에 시달리고 있어.

김형수　좀 엉뚱합니다만 "내려갈 때 보았네/올라갈 때 보지 못한 꽃"이 요즘 세대에게 많이 회자됩니다. 여기에 대해 어떻게 생각하십니까?

고 은　이제 올라갈 때도 보고 싶네. 오후는 오전보다 훨씬 회한이 많지. 그때 인간은 참다워진다네. 나는 오후를 좋아하네. 지혜는 앞에 있는 것이 아니라 뒤에 있지. 온갖 시련의 답인 것이네.

김형수　선생님은 소년이신데 선생님의 시는 자주 저녁 빛을 노래합니다.

우매와 예지 사이

고 은 시는 우매와 예지 사이를 오고 가지. 나도 그러하네. 나는 산에서 바다를 보고 바다에서 산을 돌아다본다네. 괴테가 고개 들어 보았던 저 정상의 휴식. 나는 그 정상에 휴식이 있다는 거짓을 보았네. 그래서 나는 고개 숙여 아래를 보고 내려가지. 더 내려가 파묻혀 석탄이 되고 싶네. 또 내려가 바다 밑 수압 속의 자유로 사는 그 암흑의 황새치가 되고 싶네.

김형수 이제 선생님은 한국문단만 살펴서는 활약상이 잘 포착되지 않는데요?

고 은 시가 모국어의 향토에서 사랑받는 행복은 더할 나위 없을 것이네. 그러나 시는 이런 한 곳에서의 태생의 명예로만

사는 일을 넘어서 다른 세상의 언어로 재생하는 본능을 가지네. 그 본능은 늘 잠겨 있어서 잘 떠오르지 않다가 고래가 수면 위로 떠오르며 숨을 뿜어내듯이 솟아난다네. 그런 때 모국어 속의 시는 이국어의 시로 걸어가지. 원산지를 떠나 아주 먼 곳에 가서 뿌리내리는 꽃처럼. 세상의 시뿐 아니라 모든 문자행위는 다른 곳으로 가는 욕망을 실천한다네. 문화는 고정된 것이 아니라 유동하는 것이지. 시는 다른 시를 꿈꾸지. 내 시는 아마도 27개 국어쯤으로 옮겨 나갔네. 그것들은 모국어의 시와 다른 시의 얼굴로 현지에서 사랑받는다네.

김형수 한국어로 포착된 세계를 다른 언어권에서도 똑같은 무게로 받아들일 수 있을까요?

고 은 100%의 원작은 원작 자체로도 변하지. 하물며 재생은 태생을 그대로 복사하지 않네. 현지의 삶에 편입되기 때문이지. 고대 이래의 문자는 늘 다른 문자로 퍼져나갔네. 나의 시는 앞으로 몇 나라 언어가 더 추가될 것이네. 나는 그런 이국어판의 시들에게 원작자로서의 속박을 행사하지 않지. 그것은 그것의 자유이네.

김형수 저작권을 비롯한 각종 권위와 권리에 대해 선생님은 여타 지식인들과 전혀 다른 태도를 취하고 계십니다. 가끔은 너무 쉽게 대한다는 서운함 같은 걸 느끼지 않습니까?

고 은 나는 마르크스의 식욕 차원, 프로이트의 성욕 차원 그리고 니체의 힘 차원의 보편성을 굳이 그네들에 대한 탐구가 아니더라도 내 삶의 구체적인 매듭 가운데서 터득하고 있네. 그런 나는 인간에게 필요한 권리의식조차도 열등하지. 더구나 권력이라니, 문단권력이라니. 이런 모함은 해괴망칙이네.

김형수 그래도 선생님 앞에 서면 누구나 예를 갖추지 않으면 안 되는 우리 시대의 어르신임에 틀림없습니다.

고 은 나에게 종종 국민시인, 민족시인, 민중시인이라는 장식이 따라붙는 것을 잘 알고 있어. 영국 BBC의 고은 다큐에서 타이틀을 '국민시인(민중시인) 고은'이라 한 것도 그런 호칭에 부응한 것이지. 그럴 때에도 나는 그냥 시인이야. 내 직업란은 늘 이토록 가난하네.

김형수 선생님! 외국의 독자들은 아무래도 선생님의 시가 처한 현실, 특히 분단체제 같은 억압구조가 만든 상황적 배경 같은 걸 잘 모를 텐데요. 어려워하지 않습니까?

고 은 나는 해외에 나갈 때마다 현지에서는 아시아의 시인이 되네. 그리고 한국의 시인으로서 한국을 표상하게 되지. 2000년대 초 스페인에서는 그곳 신문이 나를 북한시인이라고 잘못 표기한 일도 있네. 나는 남한시인이라고 고쳐주면서도 마음속에서는 북한까지도 대표하는 시인으로서 그 잘못 표기된 것을 그대로 묵인하고 싶기도 했어. 과연 나는 남과 북의 분단 한 쪽이 아니라 한반도 전체를 감당해야 한다고 생각하네. 아시아와 한반도 이것이 세계가 나를 부르는 호칭이네.

김형수 그런데 사람들이 갈수록 시를 사랑하지 않는 것 같습니다.

고 은 국내적으로도 나는 시인이나 문학사회에 속한 사람들이 사회의 소외지대로 처박히는 것을 참을 수 없네. 나는 정치·경제·사회·문화라는 이 분야의 어느 말단에 시와 시인이 있게 되는 것을 거부하네. 이런 현상에는 시인의 책임도 크네.

김형수 한국은 시를 외면할지라도 선생님의 시는 한국을 늘 뜨겁게 부둥켜안고 있어서 얼마나 좋은지 모릅니다.

시인은 세상의 한복판에 있어야 하는 것

고 은 시인은 세속적으로나 본질적으로나 세상의 한복판에 있어야 한다는 것이 내 신념일세. 이럴 때 내가 국민시인 운운의 대상이 되는 것도 그것을 자랑하지 않으나 사양할 이유가 없지. 대중 또한 대중 이상의 당위로 파악하기를 바라면서 나는 대중적이라는 사실을 지적인 도식으로 외면하지 않는다네. 또한 내가 문학권력이라는 어이없는 비판과 상관없이 문화가 권력은 아니라도 그 권리와 사명을 저버려서는 안 된다고 생각해. 요컨대 문학이 노예가 아니라 주체인 것을 사회적으로도 실천하지 않으면 안 되지.

김형수 그렇다면 혹시 문학이 정치적 제도의 한 부분이 될 수도 있을까요? 시인이 정치에 참여하는 현상을 일탈이라 보시는지 궁금합니다.

고 은 나는 대선이나 총선 때마다 여당후보 지지나 야당후보 지지에 공개적으로 가담한 적이 없네. 지난 시기 군부독재에 대한 저항으로서 재야항거를 옹호한 바 있으나 나는 한 번도 나 자신의 문학적 존엄성과 독자성을 위해서 정치에 기대지 않았네. 그렇다 해서 지지하는 일을 나무랄 이유는 없어. 그들의 자유이지. 나의 자유는 시인으로서의 의연한 내 무소속적 자유인 것이고.

김형수 알겠습니다. 선생님께서 항용 존엄성을 잃지 않는 방식으로, 그러나 현실의 최전선에 대해 좀 더 많이 발언해주시기를 희망하는 후배들도 많습니다. 사실, 한반도의 분단체제는 2000년대 이후에도 너무나 많이 민중을 질식시켜 왔습니다. 보수정권의 실정이 얼마나 큰지 몰라요.

고 은 그래서 나는 외국에서 더 자유롭네. 국내에는 늘 국내의 질곡이 있어. 이 무지막지한 저질과 무책임에 대해서 나는 거의 모르는 상태야.

김형수 게다가 세상 사람이 모두 '전문화된 분야들의 동굴'

속으로 들어가 버렸습니다. 어떤 이웃과도 '세계'를 공유할 수 없어요. 그것이 심지어는 놀이까지도 조각조각 분화시켜 놓았습니다. 시도 마니아들의 것이 됐다고 개탄하는 소리가 높아요.

고 은 실컷 난해하거나 그러다가 울며불며 웃어대며 앗차! 하고 다른 길을 갈 것이네. 이 시대는 게토와 자아에의 함몰이 있는 시대야. 그 심화는 한시적인 이유가 있지. 시는 길고 긴 유산의 이동이고 개척의 유랑일 것이네. 지금이 다는 아니지.

김형수 집도 절도 버린, 그야말로 떠돌이로 시작된 선생님의 시적 화자들이 이토록 오래 안정을 지속할 수 있게 만든 힘은 어디에서 나왔을까요? 선생님 문학에 사모님이 미친 기여를 여쭙는 질문입니다.

고 은 아내 이상화는 내 여신이네. 세종대왕이 내 남신인 것의 대칭이야. 첫째 이상화가 아니었으면 나는 지금 무덤 속에 있을 것이네. 이상화가 아니었으면 나는 지금의 세계 전개가 없었을 것이네. 내 문학의 기반이 곧 이상화이네.

김형수 자그마치 시력 60년이 다가오고 있습니다. 감회가 남다르리라 생각합니다. 고은 문학의 일출과 일몰을 한꺼번에 목격하는 사람이 아무도 없는 세상에 선생님의 시가 혼자 남아서 메아리치는 날이 올지도 모릅니다. 그에 대한 소감을 듣는 것으로 저의 소임을 마치고 싶습니다.

고 은 천기누설 아닌가. 내 해 지는 지평선은 해 뜨는 지평선에 맞닿아 있어.

2017년 봄

고은 깊은 곳 4

정부 발행의 증명서를 받기까지

김형수 저번에 뵙고 간 뒤에 이탈리아 로마재단이 주는 국제 시인상을 수상하셨다는 뉴스를 들었습니다. 얼마나 기뻤는지 몰라요. 그런데 한편으로, 우리 사회가 선생님의 국제 활동에 대해 인식할 틀을 가지고 있지 않다는 생각을 하지 않을 수 없었습니다. 한국문학은 아직 '모국어 너머'에 대한 상상력을 가지고 있지 않아요. 그래서 그 말씀을 듣고 싶어 다시 왔습니다. 선생님은 도보(徒步)문화에서 성장하신 분인데, 처음 국경을 넘을 때 낯설고 힘들지 않으셨어요? 문학적으로도 전후세대라 불리지 않습니까?

고 은 해외의 특정 지역을 출입하거나 체류할 수 있게 하는 정부 발행의 여권이라는 증명서는 나에게는 생소한 것이었네. 따라서 내 문학은 나의 숙명인 한반도 이남에서만 가능한 표현활동일 수밖에 없었네. 식민지 시대 초기의 이광수가 일본어로 첫 단편소설을 발표한 일이나 1930년대의 이상이 일본어의 시를 쓰는 일조차도 20세기 1950년대의 나에게는 어림없는 국내적 한계의 모국어밖에 없었네. 그야말로 폐허에 남은 것은 상처 많은 모국어밖에 없었지.

김형수 이광수가 첫 단편소설을 일본어로 썼다, 이상이 일본어의 시를 썼다, 이런 건 미처 생각해보지 못했던 사실들입니다. 어릴 때 마라톤 선수 손기정이 일장기를 떼어낸 이야기를 접했던 순간처럼 정신이 아득해져요. 한반도의 영혼들이 실로 오지에 처박혀 있었구나 하는 느낌도 들고요.

고 은 그런 터라 1960년대나 그 이후나 세계라는 말은 지리학의 개념이기보다 '세상살이'의 삶 개념이기 십상이었어. 공교롭게도 이런 60년대 중엽에 하이데거 제자 중 하나인 마샬 맥루한이 '지구촌'이라는 낱말을 만들어냈네. 1970년대 이래 이른바 반체제 진영의 반독재 저항과 표현의 자유를 주창하는 현실참여 노선을 내 일상으로 삼아오는 동안 나는 여권 발부 금지대상자로 굳어져 있었네. 나에게 여권이란 감옥행의 여권이었지.

김형수 바로 그 점이에요. 분단 현실은 우리 언어를 야만적인 통치 권력에 가둬놓기 위해 얼마나 급급한지 몰라요. 최근에도 박근혜 정부의 블랙리스트에 선생님 이름이 올라 있었다는 사실에 시민사회가 꽤 놀라는 걸 보았습니다. 사실은 늘 그 상태였는데 말이에요.

고 은 1980년대 후반 미국 버클리 대학의 한 국제포럼에 미국무성의 지원으로 1회용 임시여행증명서를 얻어서 다녀온 적이 있는데, 그것도 내 가방만 미국에 가고 나는 공항에서 막혀버린 처지를 가까스로 넘겼지. 일본 지식인 초청 행사에도 1회용 여권으로 다녀왔을 뿐이네. 그러다가 1990년대 초 그동안의 군부정권 시대 이후 최초의 민간 정권인 김영삼 정권이 들어서자 나는 내란음모죄, 계엄령 위반, 계엄교사 등의 전과자 신분이 사면되면서 비로소 '양민(良民) 신분'으로 회복해 생전 처음으로 여권이 나왔네. 내 50대의 인생에야 해외로 나갈 길이 난 것이네.

김형수 여권이 나온다고 해서 국제사회가 불러주는 건 아니지 않습니까? 더군다나 문학은 언어의 장벽을 넘기가 쉽지 않은데요.

고 은　그런데 경제유통의 생리에도 들어맞았는지 수요와 공급의 동시성이 나에게도 적용되었는지 여권이 나오면서 네덜란드 로테르담 국제시인축제로부터 초청장이 날아왔네. 그것이 내 시의 해외전개를 개막한 셈이네.

김형수　공교롭게도 네덜란드였네요? 하멜이라는 선원이 제주해협을 표류한 것이 17세기였는데요. 그 전에도 숱한 나그네들이 조선을 지나갔지만 글을 남기지 않은 사람은 존재의 흔적을 전하지 못했습니다. 하필 그의 나라에서 한국 시인을 초청했다는 사실이 신기하게 느껴져요. 선생님은 그곳에서 표류하는 느낌이 들지 않으셨어요?

고 은　그 시축제에는 당시 아일랜드의 세계적인 시인 셰이머스 히니, 독일 시인 미카엘 크뤼거, 미국 시인 리타 더브, 남아공의 저항 시인 브라이튼 브라이튼바하 등 세계 유수의 시인들이 참가했었네. 나는 대도시에 처음 나간 시골처녀처럼 처음에는 쭈뼛거리기도 했지만 하루 이틀 지나면서 내 만용이 나타나기도 했네. 청중이 꽉 찬 대극장 무대에서 시낭송을 한 후 반응이 뜨거웠네. 그런데 무슨 일인지 그곳 매체들이 여러 나라 굴지의 시인 중에서도 한국의 시인에게 주목하여 문화면에 커다란 사진과 함께 기사가 실렸다네. 당시 내 번역 시집이란 게 겨우 일어판 시집 한 권, 영어판 시선집 한 권이 전부였는데, 주최자가 어찌 알고 행사장 시집 판매대에 영어판 시집을 갖다놓았어. 그게 다 팔렸고 독자들이 서명을 받으러 왔네. 스위스 신문과의 인터뷰도 있었지. 아마도 그해 가을쯤인가 독일 유수의 출판사 주어캄프가 내 독일어판 시선집을 출판했는데 유럽에서 출간된 첫 시집이네. 그 시집은 그 후 양장본으로 개정판을 거쳐 지금도 판매가 이루어지는지 인세가 오고 있다네.

김형수 한국 문단이 '타자'에 관심을 갖게 된 것은 소위 '세계화 시대'가 논의되기 시작한 뒤부터입니다. 1994년에 '베트남을 이해하려는 젊은 작가들의 모임'이 결성되고, 이후 10여 년에 걸쳐 외국 작가들을 초청하여 심포지엄 등을 열기도 했는데, 이때 선생님은 이미 모국어 너머에서 문학 활동을 이어가고 있었어요. 그 전개가 어떻게 되시는지요?

고 은 로테르담 시축제 이래 20여 년의 해외초청이 세계 각 지역에서 연달았네. 지금까지 아마도 100회 가까이 될 것이네. 한 해에 10회 이상 초청 받는 경우도 여러 번 있었는데, 내 일정에 따라 2회, 4회, 6회 정도 초청에 부응하는 형편이네. 어쩌면 지난 시대의 그 출국금지에 대한 보상이라도 되는 것인가 하고 여기네.

김형수 언론에서 더러 소개하긴 합니다만, 한 시인의 정신세계가 모국어의 영토를 차고 넘쳐서 여러 대륙으로 확장되는 과정을 무슨 '국제 이벤트'에 참여하는 여가 활동쯤으로 여기곤 해서 얼마나 아쉬운지 모르겠어요. 21세기 인류에게 선생님의 시가 일으킨 파문이 있는지 없는지 따위를 알 수 없다는 얘기입니다.

고 은 요즘 유럽에서 나는 한국 시인이기보다 아시아 시인이 되고 있는 듯싶네. 유서 깊은 여러 유럽 도시의 국제 시축제나 시론 강연에 초청받은 사람 중 아시아에서 나 하나일 때가 적지 않다네. 사실 동북아시아의 나 하나를 초청할 경우 항공료와 숙박료에 통역비 그리고 오노래리엄에 드는 비용이 유럽이나 가까운 서남아시아 시인을 초청할 때보다 때론 수십 배가 되는 것을 짐작하면 미안할 때가 있네.

김형수 맞아요. 저희들이 2007년에 전주 아시아·아프리카 문학페스티벌을 할 때 아프리카에서 작가 한 분을 모시려면 어느 정도의 예산이 드는지를 얼마나 계산했는지 모릅니다. 재원을 투여하려면 그만큼 가치가 있어야 한다는 건 모든 기획자들의 숙제에 속하니까요. 게다가 영화나 음악, 미술이 국경을 넘는 것과 문학이 국경을 넘는 것은 많이 다르잖습니까? 우선 시인의 말을 통역할 사람을 찾기가 엄청 힘들고요.

고 은　21세기에 이르러 자아는 어떤 자아이든 타자와의 관계 발전 없이는 성립되지 않는 '세계 내 존재'의 현실화이겠네. 이런 개방 없이는 생존이 불가능한 숨찬 첨단의 시대에는 당연히 이 시대의 총아가 되고 만 영화·음악·미술 그리고 대중연예의 언어구속이 없는 표현들이 범람하는 것은 당대 문명의 생태이겠네.

김형수　모국어의 장벽을 넘는다는 게 단지 번역의 난관을 극복한다는 뜻만은 아니라 생각합니다.

미지의 장소에의 본능적 모험이 있었네

고 은 문학은 언어라는 경계에 원천적으로 구애받는 고유성으로부터 아직껏 함부로 일탈할 수 없다네. 지금은 현저하게 줄어들었지만 시인이나 소설가가 모국어에의 강한 애착을 자신의 원칙으로 삼고 있는 사실은 그러나 지금이라 해서 함부로 내팽개칠 수 없는 근원적 자세 아닌가.

김형수 전에 세종을 신으로 생각한다고 말씀하셨을 때 정신이 번쩍 깨어나더라고요. 언어를 존재 자체, 운명 자체로 인식한다는 말씀이니까요. 한데, 한편으로 선생님은 미지에 대한 목마름이 있었는데요, 장항제련소의 굴뚝을 보면서 '먼 곳을 발견'하는 사태는 굉장히 특이한 정신현상에 속합니다.

고 은　현대가 아닌 고대에도 세계는 그 미지의 장소에의 본능적 모험이 있었네. 아니 인류의 원조가 저 아프리카로부터 자연취락 여러 곳에서 100명 단위의 선발된 남녀로 세계 각 지역으로 산개해온 인류사 자체가 어디로부터 어디로 가는 그 고역을 마다하지 않았네. 그래서 나라는 유전인자 속에는 수많은 지역과 장소의 요소들이 복합적으로 누적된 하나의 '세계'가 들어 있을 것이네. 남미 원주민과 몽골인의 동질성을 생각해보세. 아니, 인간뿐이 아니네. 아르헨티나 원산의 꽃이 아주 오래 전 동북아시아 농경사회에 와서 옥잠화라는 조선여인의 표상이 된 것을 생각해보게. 제주도의 문주란은 일본 규슈지방에서는 '하마유'라 하지. 그 꽃은 저 남아프리카 연방의 원산지에서 인도양 서태평양의 몬순 해면을 떠다니다 표착한 긴 여로 끝에 토착식물이 되었다네.

김형수　아하, 식물도 여행을 하는군요?

고 은　어찌 이것뿐인가. 실크로드에 눈을 돌려보세. 중국 자기가 로마로 건너가고 드디어 영국이라는 섬에까지 건너가 그곳의 자기로 명성을 떨치지 않는가. '본 차이나'라는 이름에 그런 역사가 들어있겠지. 아니 히말라야 남쪽의 불교가 서북인도 간다라를 경유, 실크로드로 거치는 동안 대승불교의 중국에서 한국, 일본으로 건너오는 일은 무엇인가. 아니 인도의 범어나 팔리어가 중국문화로 옮겨져 동아시아 불교가 성립되었네. 닫힌 농경사회에도 불구하고 자아는 끊임없이 세계를 갈망하고 세계 속에서 자아를 다시 강화했네.

김형수 하나의 문화가 어떻게 형성되는지 그려지는 듯합니다. '관계'가 '문화'였네요.

고 은 나는 고대철학의 존재론에 자주 이의를 제기하네. 유일신론이나 일원론의 신화들은 태초에 무엇이 있어서 그 무엇에 의한 세계구성을 말하는데, 무엇이라는 절대나 그것 이후의 '존재'를 먼저 내세우는 것을 오류로 파악하네. 존재 따위가 먼저 있는 것이 아니라 관계가 먼저 편성됨으로써 거기에 존재가 가능하게 되었네. 나는 그래서 관계론을 우주와 세계의 기원론(紀元論)으로 설정하고 있네.

김형수 의미심장한 말씀입니다.

고 은 시인 휠덜린이 말했지. '존재란 인간과의 관계'라고 말이네. 우리나라는 일찍이 '나'보다 '우리'를 더 깊은 주어로 삼아오지 않았는가. 본디 나는 한국만의 시인이 아닌 운명을 내 청춘이 다 지나간 뒤의 지각으로 시작한 셈이네.

김형수 제가 『소태산 평전』을 쓰면서 배운 건데요. 그 분 왈 세상의 모든 것은 하늘과 땅, 그러니까 시공간의 관계로부터, 또 낳고 길러준 것들의 관계, 동시대에 더불어서 존재해준 각종 생물·미생물·무생물들의 관계, 나아가 그것들에게 내재된 어떤 질서나 흐름의 관계로부터 은혜를 주고받는다고 하더라고요. 소위 4은(四恩) 때문에 우주가 일원(一圓)이 되는 거예요. 그런데 여기서 한 가지 질문이 있습니다. 안타깝게도 우리에게 바깥 세계는 은혜 같은 것과는 좀 다른 얼굴을 하고 있지 않았습니까?

고 은 그랬네. 그런데 그런 폭력체제에서의 저항에는 해외의 가능성 따위를 오히려 사절하는 독자성도 들어있었네. 양담배를 미국으로 여기고 특히 1950년대 이래의 양공주를 그들의 고초에도 불구하고 사회적으로 소외시킨 것도 일종의 배타적인 자아폐쇄에서 나타났네. 실제로 나도 1970년대 말이나 1980년대에는 외국 후원단체의 지원금도 거절하는 '순수민족주의'를 문학운동 및 사회운동에 적용했네. 하나의 근본주의였네. 물론 정부 당국에서 이런 해외지원을 간첩조작극으로 내몰 여지를 주지 말자 하기도 했지.

김형수　저는 그 '절대순정'이 선생님 시정신의 한 축을 이룬다고 봅니다. 「화살」이 대표적으로 그래요. 아낌없이 시위를 떠나서 돌아오지 말자고 했잖습니까. 그런데 한국의 언론들은 선생님 소식을 전할 때 '노벨문학상 후보'라거나 외국에서 문학상을 받았다는 차원의 가십거리에 집착하는 편입니다. 여러 대륙에서 열리는 문학축제나 각종 회합 등에 초대받는 것을 행사 중심으로 전하다 보니, 선생님의 시가 국제문단에서 위치하는 자리를 놓치게 됩니다. 그동안 어느 정도 선생님의 작품이 세계에 소개되었고 또 현지에서는 어떤 반응을 받고 계십니까?

고 은　일부러 헤아려 보니 지금까지 내 시와 소설이 번역된 외국어는 32개쯤 되네. 눈물겨운 일은 지금 수난 속의 쿠르드족 쿠르드어로도 내 시가 번역된 일이네. 그 피어린 독립운동 중에서도 동아시아 시를 찾는 것은 너무 감동적이었네. 그리고 스위스 4개 공용어 중 하나인 스위스 알프스 고산지대 엥가딘 지역의 로만슈어도 있는데 고대 로마가 망할 때의 로마 난민들이 라틴어를 그대로 가지고 와서 지금까지 이어진 사용인구 4만8천 명쯤 되는 고어(古語)라네. 그 언어를 사용하는 스위스의 저명한 조각가 및 시인이 얼마 전 나에게 내 시를 좋아해 3편을 영어에서 자기의 언어로 번역했는데 그걸 자신의 저서에 사용하는 걸 승낙해달라는 편지를 보내왔다네. 일전에는 포르투갈 시인도 자기 시집에 내 시 한 편을 내세우고 싶다는 편지를 보내왔네.

김형수 마음이 느껴집니다. 그분들에게 예술적 화두를 주셨네요.

고 은 이즈음은 나를 그냥 문학제의 한 시인으로 초대하는 게 아니라 '주빈시인'으로 초대하고 문학지가 특집으로 다루는 일이 잦아졌는데 그건 나이에 따른 예우라고 생각하네. 기조연설자로 나선 경우는 처음부터도 많았네. 나에 대한 호칭도 이름보다는 조금 색다르게 '마에스트로'라고 부르는 경우가 많다네. 또 여러 외국시인들이나 독자들로부터 헌정시도 받고 있네. 이 같은 20년 이상의 내 해외활동이란 일목요연하게 간추릴 수는 없네. 내 창비의 한글 홈페이지나 김영사 영문 홈페이지를 보면 정리된 사례들이 어느 정도 밝혀줄 것이네.

김형수 행사장을 찾아온 독자들의 반응은 어떻습니까?

고 은 시축제니까 시낭독 프로그램은 꼭 있는데 사람들이 내 시낭송을 아주 좋아하고 기립박수를 받는 경우가 많다네. 낯선 언어에 대한 새로운 반응일지 모르지.

김형수 선생님의 시낭송은 한국에서도 독보적이잖습니까. 신기한 것은 한국어 낭송이 외국에서도 통용된다는 점이에요.

고 은 시낭송 외에 기조발제, 시론이나 내 사유세계를 드러내는 인문학 포럼, 토론 등 시축제마다 특색을 보여주는 여러 분야가 있어. 재작년 가을 프랑스 파리 미술대축제에서는 시낭송 외에 기조연설로 미에 대해 발제했고, 독일에 초대받았을 때는 문예종합지에서 철학적인 논제에도 참여했네.

김형수 『만인보』가 프랑스 교과서에 소개되었다고 들은 것 같아요.

고 은 프랑스에서는 사회과학고등연구원 박사학위 논문으로 '만인보 연구'가 있었고, 지난 가을부터 그곳 역사학 교수가 1년간 한국전쟁과 관련해 『만인보』에 대해 세미나를 하고 있다고 들었네. 『만인보』가 중고등학교 외국문학 교재로 선정된 곳은 스웨덴이었네. '현대의 고전' 시리즈로 토마스 만의 장편소설 이래 한 권의 책이 선정된 것은 60년만이라고 들었네. 스웨덴어 『만인보』는 재판인가 3판을 찍었는데 다른 출판사가 그 책을 재출간하기를 오랫동안 원했지만 원래 출판사가 올 봄에 개정판을 다시 찍기로 했다네. 스웨덴의 한 독자는 『만인보』의 시 8편인가에 곡을 붙여 발표회도 가졌다고 연락이 왔다네.

지구 저쪽에도 형제시인들이 있네

김형수 국제무대에서 타 언어권의 정신들과 교감하면서 형성된 동료나 우정 관계 등은 어떻습니까?

고 은 국제시 행사에 초대받으면서 많은 좋은 시인들을 만나고 교류하는 기쁨이 크다네. 미국 시인 게리 스나이더는 나를 '지구 저쪽의 형제시인'이라고 부르며 나에 대한 시와 산문을 썼네. 미국의 로버트 하스는 계관시인을 할 무렵 나에 대한 글을 많이 써주었네. 프랑스의 미셸 드기는 내 형인 셈인데 내가 프랑스에 갈 때마다 내 시를 읽어주고 발언도 해준다네. 또 형제같이 다정한 클로드 무샤르도 있어. 스페인 시인 안토니오 콜리나스도 아우처럼 여긴다네.

김형수　부끄럽게도 저는 아는 이름이 없습니다. 한국에서 32년 동안 문단활동을 했는데, 오늘날 인류의 문학적 상황을 이렇게 몰라도 되는지 모르겠어요. 비단 저만의 문제가 아니긴 합니다. 외람됩니다만 국제무대에서 선생님은 어느 위치쯤에 계시는 걸까요? 국내 독자들에게 자랑할 만한 이야깃거리가 있으신지요?

고 은　현지 일간지가 특별히 내 기사나 나와의 인터뷰를 대서특필로 많이 내주고 있고 정기간행물의 특집 등에도 자주 포함되고 있네. 또한 그동안 세계 주요 국가의 TV방송 특집에도 다수 출연했네. 내 나이 80이 되던 해에는 나도 모르게 한 독일 주요 신문이 내 80세를 기념하는 칼럼을 쓴 걸 우연히 누가 보내와서 읽은 적도 있었네. 그때 독일 라디오도 내 특집을 했다고 들었네. 몇 해 전엔 영국 BBC에서도 다큐 '한국의 국민시인 고은'을 제작했고 스웨덴 국립방송에서도 만들었지. 최근에도 해외 TV팀이나 해외 신문사의 특집 인터뷰가 있었네. 마케도니아에서는 내게 상을 주면서 무려 730쪽에 이르는 대형 양장본 시선집을 출간해 깜짝 놀랐네. 루마니아에서도 나를 초대하기 위해 시선집을 냈지만, 슬로베니아 같은 인구 2백만의 작은 나라도 시축제에 나를 초청하기 전에 시집을 번역해 출간했고 서너 개의 문학지나 신문 등이 내 인터뷰를 실었네. 점점 세계 대국들만이 아니라 작은 나라에서도 나를 초청하고, 아제르바이젠어나 타밀어, 방글라어, 아이슬란드어, 힌디어 등 소수언어가 내 작품을 번역한다고 연락해 올 때는 정말 기쁘다네.

김형수 듣는 저도 기쁩니다. 선생님의 경험을 통해 한국의 시정신들이 서 있어야 할 자리를 어렴풋이 가늠할 수 있을 것 같아요. 덧붙여, 국내 독자들과 함께 특별히 기념할 거리가 더 없을까요? 예컨대 수상 실적 같은 것 말입니다.

고 은 그동안 해외에서 주는 문학상도 몇 개 받았네. 노르웨이의 유일한 문학 메달이라고 하는 본손 메달을 몰데 시축제에서 받았고 그 후 캐나다 그리핀 시인상 평생공로상을 받았지. 나 이전에는 스웨덴 토마스 트란스트뢰메르가 받았고 나 다음에는 독일 시인 한스 마그누스 엔첸스베르거이네. 둘 다 나보다 연상이지. 미국의 존 애쉬베리도 있네. 마케도니아 황금화환상은 작은 나라에서 주는 상이지만 시축제 전통이 가장 길고 아주 명예로운 상이라는 걸 나중에 알았네. 이탈리아의 페스카라 시문학상과 올해 2월에 받은 이탈리아 로마재단 국제시인상이 있네. 다 아시아인으로는 처음이네. 이 상 말고도 몇몇 유럽의 문학상에 최종 후보에 올랐다고 들었네. 그밖에도 유네스코 세계시 아카데미 창립회원이며 그 후 명예위원으로 추대되었네. 이탈리아의 베네치아 대학에서는 까다로운 절차를 밟아 명예 펠로로 추대되어 큰 기념행사를 가졌고 '라 페니체'라는 오페라극장의 강당에서 기념 시낭송회도 가졌다네. 또 밀라노의 그 유명한 암브로시아나 아카데미의 정회원으로 추대되어 밀라노 추기경의 임명장을 받았지.

김형수 미국 시인들이 선생님을 '아시아의 비트제너레이션'으로 생각한다는 이야기를 들은 적이 있습니다. 1989년이던가? 선생님이 여의도 여성백인회관에서 미국 시인 앨런 긴즈버그와 시낭송을 가졌을 때의 모습은 하도 강렬해서 지금껏 지워지지 않습니다.

고 은 앨런 긴즈버그는 내 선시집에 나와 내 시세계를 잘 표현한 인상적인 서문을 써주어 나를 세계로 내세운 형제시인이라네. 그 후 여러 나라에서 많은 사람들이 앨런의 이 서문을 인용하기를 즐겨한다네. 그의 사후에는 미국 계관시인이었던 로버트 하스가 있네. 하스는 내 시세계를 《워싱턴포스트》에 썼고 『만인보』는 한 권만이 아니라 전부 번역해야 한다고 말하기도 했지. 또 《북 리뷰 오브 뉴욕》 1면 전체의 장문으로 '만인보론'을 발표했네.

김형수 한국문학 안에서 신경림, 백낙청 같은 분들과 우정을 나누듯이 국제사회에서는 이제 그분들과 문우 관계를 맺고 계시는 거죠? 교류가 어떤 식으로 이루어집니까?

고 은 한 가지만 예를 들면, 앨런 긴즈버그는 게리 스나이더에게 한국에 가게 되면 고은을 만나보라 했어. 내가 뉴욕 행사가 끝나고 그곳에서 긴즈버그와 함께 있을 때 그는 나에게 그냥 뉴욕에서 서울로 가지 말고 캘리포니아로 가서 게리 스나이더를 만나라고 했어. 그런데 긴즈버그가 죽은 뒤 내가 태평양을 건너가 버클리에서 내 시집 발간 기념 시낭송을 하게 되었는데 그때 게리 스나이더가 산에서 내려와 내 시집의 영어판을 영어로 낭송해주었다네. 게리도 앨런으로부터 내 얘기를 들었다고 했어. 우리는 바로 형제시인이 되었네. 둘 다 미국의 '비트'의 1세대 시인이지. 게리는 그 후 몇 차례 한국문학제에 초대받아 왔고 우리 집에서 자기도 했어. 나도 시에라 네바다의 그의 집에 초대받아 며칠 묵은 적이 있는데 그가 나를 위해 요리를 해주었다네. 이런 특별한 경우가 아니면 물론 다른 대부분의 시인들과 늘 교류하는 것은 아니네. 그저 여타 시축제에서 우연히 만나기도 하고 그쪽 언어로 번역 시집이 나오면 서문을 써주고 자신의 기념행사가 있으면 추천사를 받고 어떤 시축제에 서로 소개도 하면서 인연이 이어지는 셈이지.

김형수 여기서 '비트'란 미국의 문학동인 '비트제너레이션'을 말하는 거죠?

고 은 그러네. 그 1세대 중 가장 젊었고 끝까지 비트시인으로 남았던 마이클 맥클루어는 서부에서 아직도 예민한 시인으로 살고 있는데, 뉴욕에서 내 단독 시낭송회가 있을 때 뉴욕까지 날아와 나를 멋지게 소개하고 내 시를 읽은 적이 있지. 그들 말고도 서부의 여러 시인들과 친교를 나누었다네. 비트와 내 선(禪)적 경험에는 일종의 혈연성이 없지 않아. 지금도 서부 시인들은 "푸코 따위가 뭐냐. 태양과 파인트리가 우리 시의 터전이야." 하고 말하지.

김형수 '고은의 실크로드'라고 명명해야 하려나 봐요. 선생님의 발자국이 그린 정신사(精神史)의 길들, 그 많은 관계들. 또 미국 서부 시인들이 "푸코 따위가 뭐냐. 태양과 파인트리가 우리 시의 터전이야." 했다는 말씀을 듣는 순간 제 문학이 가야 할 길을 갑자기 확인해버린 것 같거든요. 그런 영감이야말로 선생님의 활동이 저희 후학들에게 주는 아주 뜻 깊은 선물이 아닐 수 없어요. 또 소개해주실 분은 없는지요?

고 은 남아프리카의 브라이튼 브라이튼바하도 내 영혼의 혈친이라네. 죽은 스웨덴의 트란스트뢰메르는 내 첫 스웨덴판 시집에 서시를 써주었고 뇌졸중 후유증으로 왼손만 사용하는데도 나를 위해 피아노 연주를 해주었지. 멕시코의 환경 시인 오메로 아리지스와 시리아의 아도니스는 몇 번 시축제에서 만나 함께 시낭송을 했었네. 폴란드 크라쿠프에서 함께 기념식수를 했던 시인 심보르스카는 세상을 떠났고, 스페인 시인 안토니오 콜리나스도 아우처럼 여긴다네. 영국의 전 계관시인 앤드류 모션, 일본 시인 요시마쓰 고조에 이어 중국의 베이다오와 양 리안, 또 베트남과 몽골의 뛰어난 시인들, 그리스 시인들, 독일과 이탈리아 시인들과도 인연을 맺고 있네.

김형수 계속 거명하면 오늘 안으로는 끝이 안날 것 같습니다. 그런데 문학은 유구할지라도 문명의 형식에 따라 언어의 소통방식, 매개수단 등이 달라질 수밖에 없겠지요? 저희 세대는 정신의 크기가 점점 넓어지면서 얇아지는 것 같더니 마침내는 아예 축소돼버리는 게 아닌가 염려되기도 해요. 디지털 기기의 진전과 문학적 소통의 미래를 어떻게 봐야 할까요?

고 은 가만두게. 실컷 희미해지다가 다시 소생하네. 시는,

또는 문학은 앞으로 몇 번의 문명 형식의 시련을 받을 것이네. 그러나 시의 본질적인 소재(所在)는 변(變)의 한 면인 불변이겠네.

김형수　저는 선생님의 시가 금세기 문명이 새 길을 찾는 데 크게 기여하리라는 기대와 확신을 가지고 있습니다. 계간 《아시아》에서 이 대담을 준비한 뜻도 거기에 있을 겁니다. 다만 선생님이 늘 여러 대륙에 손님으로만 가시고 한반도에서 그들을 맞을 기회는 만들어지지 않으니 덩달아 저희들도 견학할 기회가 없다는 점이 안타까운 일이에요. 하긴 분단국가라 해서 이상한 이념 공세가 난무하는 틈새, 체제이데올로기의 방해가 어지러운 틈새에서 이만큼의 축복이라도 누릴 수 있다는 게 기적 같은 건지도 모르죠.

고 은　시는 모국어의 천부적 행복 속에서 살아 있는 것 이상으로 시는 다들 세상의 언어로 재생할 꿈을 가지고 있는 순례의 운명을 막지 못하네. 내 시도 그렇다네. 여러 나라에서 내 시를 받아들이는 그이들의 공감에 내 진실이 다가가는 것이 내 존재 이유이기도 하네.

김형수　말씀 잘 들었습니다. 저는 이 대담을 단행본으로 출간할 것을 희망합니다. 여러 언어로 소개됐으면 하는 기대도 함께요. 그래서 드리는 말씀인데 선생님의 시를 사랑하는 각 대륙의 독자들을 위하여 인사말씀을 한 마디 남겨주셨으면 합니다.

고 은 2017년의 행성 위에서 우리 함께 숨 쉬며 함께 취하며 함께 절망하며 살아가는 공동의 미학을 이루어 갑시다.

김형수 마지막까지 정말 감사합니다. 고생하셨어요.

2014년 7월

한국작가회의 40주년 회고담

김형수 최근 미디어에서 '레전드'라는 말을 자주 듣습니다. 어쩌면 유서 깊은 체험담이 모두 사라져버린 시대를 역설하는 표현이 아닌가 합니다. 그러나 우리 문단은 아직도 '신화와 현실'이 공존하는 시대를 지속하고 있습니다. 선생님께서는 아직도 여전히 경이로운 시적 확장의 발길을 멈추지 않고 있어요. 그 기나긴 순례의 역정을 한눈으로 꿰어 읽기 어려운 상황입니다.

고 은 사적으로는 나는 내가 사는 동시대의 한 낱알에 불과하다는 이 무한한 익명성의 축복을 실컷 누리고 싶네. 여름날 베짱이가 자지러지게 읊어대며 살다 가는 흔적이 이 세상의 어디에서 의미로 고착되겠는가. 하지만 내 운명에는 동시대 전후에 걸쳐 뭔가를 역류하는 행위도 들어있는지 몰라. 한 생으로 몇 생을 축약한 1933년생의 나에게 여러 현대사 격동들이 닿아있어서 라네. 그러자니 그 시대의 국면마다 나는 휩쓸리는 검불 노릇을 했다네. 이와는 좀 다른 것으로 최근의 레전드 운운에도 뭔가 이의를 제기하려는 것은 아니지만 몇십 년 전 베냐민이던가 누구던가가 아우라 사라진 예술을 문명사적으로 말한 바를 나는 받아들이지 않네. 그리고 아우라란 천재의 의외성으로만 말할 수 없는 것과 그것의 길고 긴 삶의 체험적 숭고성에서 얼핏 보이는 정신사적 배광(背光)이라고 생각한다네.

자《실천문학》이라! 자 자유실천이라!

김형수 '《실천문학》 창간'을 거슬러가다 보면 1974년의 한 사건을 만나게 됩니다. 자유실천문인협의회의 출범인데, 제가 선생님의 회고를 들으러 온 까닭이 여기에 있습니다.

고 은 말이 곧이곧대로 가는 것이 아니라 부풀리고 부풀려 전혀 엉뚱한 말이 되는 경우가 세상의 다반사이기도 하지. 진실보다 그 진실의 왜곡이 훨씬 많다는 사례야말로 사회 모순의 한 실태 아니겠는가. 내가 볼 때 기껏해야 40년 전의 일인데 그때를 말하는 문단의 몇몇 진술이나 회고를 보건대 적지 않은 윤색이거나 자가류의 오도를 일삼거나 그도 아니면 사실이 아닌 곡해도 없지 않더군. 왜 내가 이런 것을 굳이 지적하느냐 하면 이런 동시대 40년 전의 일도 그럴진대 일백 년 오백 년 또는 일천 년 이상의 역사 상황에서의 진실 찾기가 얼마나 어려운 것인가, 과거란 과거가 언제나 현재의 시간이 갖는 주관에 의해 사실 규정의 속박을 면치 못한다는 것을 유추하고 싶어서라네. 역사의 의미를 중요시할수록 역사를 허구화하려는 당대의 욕망으로부터 우리가 얼마나 자제할 수 있는가 하는 엄중한 인식 품위가 우리에게는 요구되지 않겠는가.

김형수 옳으신 말씀입니다. 인간의 기억이란 게 얼마간 정서적 파동에 흔들리게끔 되어 있다는 사실을 우리는 자주 망각합니다.

고 은 내가 1977년 유신체제의 소위 긴급조치 9호 위반이라는 죄목으로 서대문 옥방에 갇혀 있을 때였어. 그때 내가 들어간 사방(舍房)은 마침 인혁당 사건의 도예종 씨가 대법원 사형 확정 판결 다음날 새벽 교도소 내의 '넥타이공장'이라는 사형 집행장에서 교수형 당할 때까지 갇혀 있던 2사(舍) 상(上)의 7방이었어. 2사 상 10방인가에 항소심의 법과대 학생 장기표가 들어와 있었지. 어느 날 내가 검사 취조를 받으러 나가는데 그 장기표가 철창 사이로 "선생님, 마르코스가 죽었답니다." 라고 말하는 것이었어. 그런데 훨씬 뒤에 알려진 바로는 마르코스가 감기에 걸려서 병원에 잠시 입원했다가 바로 나온 사실이 그 필리핀에서 한국까지 건너오는 동안 감기가 장기 입원의 중환자로 둔갑하고 그것도 모자라 병사한 것으로 되어서 감옥에까지 들어온 것이지. 발 없는 말이 천리 간다는 속담이 있는데 허두가 장황해졌네.

김형수　기억의 오류와 고의적 긴장관계를 유지하시려는 뜻을 잘 알겠습니다. 한국작가회의에서 회고담을 채록하는 동안 그 점을 깊이 유의하도록 건의하겠습니다. 사실은, 누가 어떻게 말한다고 해도 그 시절 이야기의 중심에 계시는 건 선생님일 수밖에 없습니다.

고 은　내가 지난 세기 후반기에 어떤 자각이 있어서 70년대부터 일기라는 것을 썼는데, 그 일기들이 잦은 가택 수색과 친지들에게 몰래 맡겨두는 과정에서 소실된 것도 상당하지만 그래도 남은 것으로도 그 70년대와 80년대 그리고 오늘에 이르기까지의 내 사적인 기록이 공공성의 일부에 관련될 때마다 살아있는 실증이 되어서 다행이기도 하겠네.

김형수 아, 『바람의 사상』(한길사, 2012)이 있었네요. 그 일기는 선생님의 사적 체험이 집단의 역사가 되는 마술 같은 현상의 증거물 같습니다. 험한 시절에 어떻게 그런 기록을 남기셨는지요?

고 은 나는 사(私)는 공(公)의 하위 개념도 아니고 공이 사에 대한 우월성을 애초부터 담보하고 있다고도 생각하지 않네. 이 사와 공, 공과 사를 우주에서의 극소와 극대의 합치 같은 것으로 이해하고 싶다네. 가령 우주과학에서 영(零)에 가장 가까운 '플랑크 길이'와 무한대 사이의 해후 같은 현상이기도 할까. 이런 거대 명제 못지않게 어떤 사사로운 일의 의미부여에도 정색하게 된다네. 내가 자유실천문인협의회의 문학운동에 동참한 것도 한국현대문학사에서의 '문학운동'이라는 공과 그 안에 담겨 있었던 '나'라는 사의 자기 동일성이 만나는 것이었네. 이 공과 사는 이제껏 따로 놀아 본 적이 없는 셈이네. 한 임의집단의 문학운동이 현대문학사 1백 년 안의 40년을 줄기차게 살아낸 것은 놀랍지 않은가. 다만 요즘은, 이런 감회와 달리, 나는 외로운 늑대의 삶을 살고 싶을 때도 있기는 있다네.

김형수 오늘도 '공과 사'에 대한 일갈에서 눈이 번쩍 뜨이는 깨달음을 얻습니다. 그 시절 선생님의 긴장된 행보 속에서는 숨소리 하나, 기침소리 하나도 다 시대의 것이었습니다. 문제는 그것들이 이제 기록유산으로 보존해야 할 시점에 이르렀다는 것인데…….

고 은 자유실천문인협의회(이후 '자실'로 약칭함) 창설은 몇 달 전으로 거슬러 올라가야 하겠네. 1974년 11월은 가깝게는 1974년 1월로부터 싹을 틔웠지. 그 무렵의 내 일기는 다음과 같네. 일별해 보기 바라네.

김형수 그럼 제가 읽겠습니다.

1974년 1월 5일 (토)
공간사에 갔다. 박용구와 떡국을 먹었다.
개헌청원의 작가 선언에 박태순의 권고로 참가했다. 창비그룹들과는 일정한 거리가 있어 왔으나 대의로서 동참했다.
문지 그룹은 서울대와 《서울신문》 사람은 제외하고 김병익, 정현종이 나와 함께 나서기로 한 셈이다. 그러나 나는 마침 아버지 제사 때문에 직접 선언 장소인 YWCA 다방에 갈 수 없다.
하명렬 감독과 술과 밥.
내 『이중섭 평전』을 두고 신상옥이나 유현목 그리고 박종오와 그 밖의 충무로 영화사가 경합을 이루고 있었다는 뒷얘기를 전해주었다.

그러나 나는 신인 감독에게 원작을 준 것이다. 잘한 일인지 모르겠다.

여기서 질문이 있습니다. 개헌 청원이라면 유신헌법을 바꾸자는 청원인 거죠? 또 제가 잘 모르는 사실이 나오는데, 그때까지만 해도 "창비그룹들과 일정한 거리가 있어왔다"고 하시는 말씀이 좀 뜻밖입니다.

고 은 60년대 전반 내가 자살여행으로 떠난 제주도에서 살 때 김현이 찾아왔었네. 그 당시 《문학》 주간 김춘섭이랑 왔어. 그 뒤 내가 제주도 3년 체류를 끝내고 서울에 왔을 때 '68문학'이 나왔는데 아마도 이런 문학 동인의 이름은 제2차 대전 뒤의 독일 폐허에서 생긴 '48그루페'를 연상시키기도 하지. 뵐이나 그라스들의 모임 말이네. 창비가 막 창간되었어. 백낙청의 귀국이 이룬 전혀 새로운 문학사회운동의 지표가 되었지. 아마도 이에 대한 대칭성인지 뭔지로 문지의 인문주의가 생겼는데 그 4·19 준재들이 바로 윗세대인 나와 최인훈 쯤을 친밀한 배경으로 삼았지. 그때 나는 또 다른 참여파들로부터 '허무주의의 교주'라는 공격을 받을 때였어. 그런데 1970년 겨울의 전태일 사건 그 뒤 군사파쇼에의 저항 분

위기 등에 감염되지 않을 수 없었어. 그것이 영구집권 책동의 박정희 시대를 끝장낼 근거가 되는 개헌청원운동이었어. 내가 풍덩 뛰어든 것이 그때부터였던가.

김형수 세월이 어떤 일을 하는지 실감이 납니다. 다시 읽겠습니다.

1월 6일 (일)

오후 군산으로 향한다. 아버님 기일. 버스 옆자리의 여학생에게 제사는 몇 시에 지내느냐고 물었다. 밤 11시쯤이라 했다. 어린 아이한테 제사시간을 배웠다. 집에 가면 이런 아들을 어머니가 한심하게 바라볼 것이다.

앞에서 달려오는 자동차 불빛에 내가 부끄러웠다.

저는 선생님의 이런 모습이 얼마나 벅찬지 모르겠습니다. '자동차 불빛에 부끄러워하는' 순간도 선생님의 시와 삶을 다시 생각하게 합니다. 조금 더 읽어내려 가겠습니다.

1월 7일 (월)

일가 어른들의 전송을 받으며 떠났다. 어머니와 함께 할 시간도 없었다. 제사떡 싸준 것과 함께 버스를 탔다.

저녁 무렵 민음사 도착.

박 사장과 양주 두어 잔씩 나누었다.

61명의 문인 성명이 오늘 발표되었다. 안수길, 백낙청 등이 연행되었다고 한다. 이왕이면 나도 현장에 있어야 했다.

고 은 이런 2~3일의 일기로부터 내 담당 형사가 집안을 드나들기 시작하고 이윽고 남산 중앙정보부에 연행되어 조사받고 나오는 등의 생활이 이어진 것이네.

김형수 여기서 여백에 흐르는 공기를 다시 음미하지 않을 수 없습니다. 시점이 1974년이면 김지하 시인이 "1974년 1월의 거리를 죽음이라 부르자." 하고 토로했던 시대인데, 거리 풍경이 정치적 공포로 얼어붙었던 때가 아닙니까? 긴급조치가 선포되고 장준하 선생이 구속되는 등 엄중한 시국 속에서 당근과 채찍이랄까 그런 회유 같은 건 없었습니까?

고 은 당시 공화당 의장인 박준규 등이 나를 요정 '장원'으로 초대해서 입만 벌리면 미녀의 안주가 들어오는 호화한 술을 마신 적도 있었지. 박의장은 대통령 박정희와 자주 술자리를 함께 한다며 나더러도 셋이 한 판 벌이자 현 정부에 참여도 하자 하고 회유한 적도 있었어.

김형수 말씀 중에 자꾸 끼어드는데, 약간의 배경묘사가 필요해 보입니다. 저는 선생님을 읽으면 읽을수록, 그것이 무엇이 됐든 하여튼 이데올로기에 휘말릴 수는 없는 인식구조를 가지신 분이구나, 생각하게 됩니다. 이건 세간 사람들이 잘 모르는 실감이에요. 한데, 그런 선생님의 기질을 거의 화학적 변화에 가까운 비약의 세계로 끌고 간 게 과연 무엇일까요? 당시에는 활동무대조차 문지, 민음사, 이랬던 점을 감안할 때…….

고 은 그건 지금도 마찬가지인지 몰라. 내가 맹자를 읽으면 바로 맹자는 변질되어버리고 말아. 나에게는 뭐든 곧이곧대로 내 안에 남아있지 못한다네. 그토록 감전되는 니체도 나에게는 기체나 디체가 되고 말지. 나는 메타포야. 그건 그렇고, 40년 전 어느 날로 돌아가세. 그 무렵 소위 재일교포와의 연계로 조작된 문인 간첩단 사건이 진행되고 또 민청학련 사건으로 시인 김지하가 감옥에 들어가 있는 상태에서 나는 70년대 벽두 한 노동자의 분신자살 사건에 내 심신이 흡수되는 체험과 함께, 밖으로는 솔제니친에 대한 관심이 생겨나면서 순수문학으로부터 참여문학에의 전신이 가능해지고 있었지.

김형수 그 시기가 언젠가 황지우 시인에게 말씀하셨던, “아직 치지 않은 종 안에서 누가 치기만 하면 바로 울려 퍼지려고 대기하고 있는 그 울림의 전야(前夜)" 같은 때였나 봅니다. 다음의 일기가 그걸 증명하고 있어요.

1974년 10월 23일 (수)
나 같은 순수시인을 참여시인으로 만들 것인가. 이 군인의 시대, 이 육군의 시대야. 이 총검의 시대야. 이 탱크의 시대야. 이 색안경의 시대야.

고 은 시대와의 관계가 도래하는 시기였나보아. 내 안의 잠든 행동대가 꿈틀거리기 시작했어. 이 무렵에 내 정신 전환의 모험이랄까 투신이랄까, 그런 결단이 자리 잡았던 듯하네.

김형수 공안당국은 참으로 골치 아픈 사건이 골수 참여파가 아니라 온건한 순수파 시인에게서 비롯되고 있으니 좀 놀랍기도 하고 당황스럽기도 했을 것 같습니다. 그럼에도 아직 의문인 것은 참여파라는 게 다들 강인한 기질을 가져서 선생님이 이끌기가 쉽지 않았을 것 같은데요? 일단 동지를 규합하는 과정이 어려웠을 것 아닙니까?

고 은 어려웠지. 그런데 나에게는 어려움의 공포는 없어. 두 번, 세 번 설득도 불사했어. 다행히도 선배 몇과 동료 몇은 아주 순조롭게 호응해주어서 무척 고마워했지. 어느 시대에는 하나의 사건이나 현상이 작은 불씨로 시작하는 것이라면 우리도 처음의 합의는 지극히 비관적이었어. 그러나 닫힌 문 열고 들어갔어.

김형수　여기 재미있는 이야기가 나옵니다. 그해 10월의 서울 풍경이 싱싱하게 되살아나는 장면이에요.

10월 25일 (금)
버스에서 내렸다. 종로 1가 거리에서 신경림을 오랜만에 만났다. 야 우리도 뭔가 결의해야 한다고 내가 역설했다. 내가 순수파 몰아 올 테니 자네가 참여파 동원할 수 있느냐 물었다. 하겠다 한다. 경림이도 나와 의견이 같았다.
우동을 사먹을까 하다 다음에 한 잔 나누자 하고 헤어졌다. 이제 나는 거리에 있을 것이다. 이제 나는 다른 운명을 살아야 할 것이다. 오너라. 오너라. 그 어떤 파도덩어리도 오너라. 내가 너에게 파묻히겠다.

밤에 몸이 떨렸다. 몸 속에 소금이 생기는가.

감동적입니다. 선생님의 시가 어디에서 나오는지 알 것 같아

요. 그리고,

10월 28일 (월)

박맹호와 함께 하루를 지냈다. 내가 나서겠다고 하자 그는 막지 않았으나 별로 좋아하지 않았다. 내 신변을 생각해 주었다.

또 2주가 흐른 뒤입니다.

11월 11일 (월)

신경림과 만나 문인 선언 문제를 의논했다. 작가선언이 꼭 있어야 한다고 말했다. 《동아일보》 김병익에게 은밀히 알렸다. 경림은 백낙청과 의논하기로 했다. 이제 나는 출항한다. 뱃머리에 서 있으리라.

대체로 30명 선으로 정했다. 선언은 온건하게 하기로 했다. 서명 작가 명단을 공표하기로 했다. 공표를 죽어라고 마다할 놈도 있을 것이다. 내가 독려할 것이다.

경림이 한 턱 냈다. 소주 맥주 소주였다.

내가 생각하는 작가 호응은 20명 정도이다. 이것으로는 안 된다. 더 찾아보아야 한다.

미국 대통령 포드가 간 뒤를 적기로 삼았다. 왜냐하면 미국 우두머리의 덕이나 보면 안 되기 때문이다. 이제 내 어깨 가볍지 않다.

술 취해도 함부로 입이 놀려지지 않았다.

제기랄, 내가 무슨 지사란 말인가.

“이제 나는 출항한다. 뱃머리에 서 있으리라.” 이 구절을 그 어떤 말로 대신할 수 있겠습니까? 생의 매 순간 명분보다는 육감을, 순응보다는 도발을 선택할 수 있게 하는 시인적 권력 의지는 과연 어디에서 부여된 것인지요?

고 은 이것이 어찌 내가 독차지할 몫이겠는가. 시인이라면 뭔가 시인적 체질로서의 도발도 무책임한 것 같은 정신의 투신도 이따금 있지 않겠는가. 시인이란 꿈의 적자이고 현실의 사생아라네.

김형수 일기가 사초(史草)였어요. 이를테면,

11월 14일 (목)

시국의 추위가 급박하다. 작가선언을 앞당기지 않으면 안 된다. 내가 이문구에게 서두를 것을 말했다. 문구가 《창작과비평》 쪽에 전달했다. 귀거래다방에서 모였다. 백낙청, 염무웅, 박태순,

이문구와 내가 만났다. 다방 안을 살펴야 했다. 도처에 남산의 눈이 번뜩이기 때문이다.

이 시국선언이 결국은 40년 될 조직의 첫발자국이 되는 것 아닙니까? 그렇다면…….

고 은 최하림이 김수영론을 쓰고 나서 김수영은 겁이 많고 고은은 겁이 없다 했는데 사실은 나에게도 겁의 절반은 있다네. 내 만용은 내 술이 가져온다네.

김형수 그 다음에 아주 중요한 이야기가 펼쳐집니다. 우리 문학운동의 개념이 외래에서 유입된 게 아니라 내부에서 생성되었음을 증명하는 대목인데, 그냥 읽겠습니다.

처음에는 술타령을 늘어놓았다. 그런 뒤 앞당기는 일을 말했다. 그런 다음 한 번의 선언으로 그칠 것이 아니라 이것을 발단으로 해서 문학운동 단체를 만들기로 했다. 자유라는 개념을 전제하기로 했다. 지난 날 50년대의 한국문학가협회에 대응하던 자유문학자협회가 연상되기는 하지만 이 시대 표현의 자유는 절실한 문제이므로 '자유'는 결코 이승만 시대의 그것이 아니라고 생각되었다.

자유문학협회라 했다가 '자유실천문인협의회'라는 이름이 되었다. '자유'와 '실천'이 복합된 인상이지만 자유는 실천되어야 할 가치라는 점에서 통합의 의미를 만들어냈다.

염무웅더러 선언문을 기초하라 했다. 시인이나 작가의 문체보다 평론가의 문체가 선언 논조에 부합하기 때문이다. 또한 역할 분담이 있어야 하기 때문이다.

선언 발표자는 물론 나에게 맡겨졌다. 이번의 단체 임원은 간사제로 하고 약간 명의 간사를 내정했다. 대표 간사는 나에게 떨어졌다. 내가 사양하고 말고의 겨를도 없이 그렇게 정해졌다.

그날 선언 발표의 사회는 박태순이 맡았다. 이문구는 조직을 맡았다. 나는 모든 시련을 각오했다. 생과 사 따위의 글자는 괜히 있는 것이 아니다. 나는 이 두 글자에 부딪힐 것이다.

백은 대학으로 갔다. 이문구, 염무웅, 박태순과 청진동 열차집 두부찌개집 꼬마맥주집을 전전 대치했다. 박태순네 집에서 잤다. 박의 부모를 비롯 가족의 손님 대접이 융숭했다.

고 은 그날 이후 나의 일기는 참여 문인 종용과 권유로 뛰어다닌 것으로 채워졌어. 고문으로 이희승, 이헌구, 박두진 등도 추대 승낙을 받았어. 그런데 2~3일 사이에 101명이나 참여하게 되었네 그려. 최악의 경우 30명이고 50명도 어렵다고 생각한 것이 이런 성과였네.

김형수 당시 서울에서 정보부의 눈길을 피할 수 있는 곳이 있었습니까? 그렇게 위험한 일을 비밀이 새어나가지 않게 추진하려면 상당히 은밀한 장소가 필요했을 텐데요.

고 은 그런데 이런 활동을 청진동 한국문학사 사무실에서 진행했어. 김동리 손소희 부부가 눈감아 준 덕택이었어. 우리가 김동리의 안테나를 접어버렸어. 11월 17일 나는 박태순과 함께 동대문 시장에 가서 포목상 옥양목 세 마를 끊었지. 화곡동 우리 집으로 가서 어린 시절에 쓰던 큰 벼루를 가져다 놓은 것으로 먹을 갈았지. 처음에는 "정권은 반성하라" "독재는 물러가라" 라고 쓸까 하다가 온건한 구호로 바꿨어. 몇 사람의 동지만이 아닌 백여 명 동료를 생각해야 했어. 그래서 "우리는 중단하지 않는다" "시인 석방하라"들을 썼지. 그런 다음 '자유실천문인협의회 101인 선언'을 묵사지에 대고 여러 번 썼지. 다른 사람들도 썼지. 그것을 등사한 것이 나오게 되었네.

김형수 선생님! 이제 정점에 이르렀습니다. 기왕에 당일 일기까지 읽고 말씀을 듣겠습니다.

11월 18일 (월)

새벽에 목간통에 갔다. 목욕했다. 속옷도 갈아입었다. 귀거래다방에는 가지 않았다. 보레로로 갔다가 다른 곳으로 옮겼다. 우동 가게에도 있었다.
광화문 비각 근처의 여러 다방에 흩어져 있는 문인들을 내가 의사 빌딩 현관으로 급히 집결시켰다. 부근에 경찰 기동대가 포진하고 있었다. 박태순 등이 신문사에 말해 두었으므로 기자들이 몰려 왔다. 경찰이 긴장했다.
아홉시 반 선언문 발표가 좀 늦어져 아홉 시 오십 분에야 내가 불쑥 현관 계단에 나타났다. 뒤이어 내가 어제 쓴 플래카드를 양쪽에서 잡아 올렸다. 그것을 배경으로 내가 선언문을 읽었다.

오늘날 우리 현실은 민족사적으로 일대 위기를 맞이하고 있다. 사회 도처에서 불신과 부정부패가 만연하여 정직하고 근면한 사람은 살기 어렵고 거짓과 아첨에 능한 사람은 살기 편하게 되었으며 왜곡된 근대화 정책의 무지한 강행으로 인하여 권력과 부에서 소외된 대다수 민중들은 기초적인 생존마저 안심할 수 없는 지경에 이르고 말았다. 이러한 모순과 부조리는 반드시 극복되어야 한다.(중략)
결의문은 구속 인사 석방, 언론 집회 결사의 자유 보장, 서민 대중의 생존권 보장 등을 위한 노동 관계법 개정, 헌법 개정이었다.

내가 결의문 5항까지 읽게 되었을 때 경찰들에 의해 번쩍 들어 올려졌다. 나는 빈 종이상자처럼 가벼웠다. 들어 올려져서도 소리쳤다. 뒤에서 이문구, 박태순, 조태일, 윤흥길, 송기원, 이시영이 잡혀 오고 있었다.
공보처에 갔다 오던 조연현이 잡혀가는 나를 보고 조롱했다.
"영웅 고은 씨의 날이군."
그런데 그렇게 웅성거리던 문인들은 날쌔게 피하고 이들밖에 잡혀오지 않았다. 허망감이 엄습했다.(중략)
일단 광화문 파출소에 갇혔다.(중략) 곧 본서인 종로서로 실려 갔다. 정보과 바닥에 무릎을 꿇렸다. 조사를 시작했다. 내가 진술 거부를 통고했다. 그러자 과장이 내 무릎을 짓이겨댄다. 송기원이 항의한다. 기원도 짓이겨댄다. 다른 사람들도 짓이겨댔다.
내가 투덜거렸다. 대접이 극상이군.
15분쯤 물리치료를 받았다. 몸의 몇 군데가 쑤셨다. 결국 조사에 응할 수밖에 없었다. 차츰 수사관이 우리를 알기 시작했다.
(중략)
이렇게 선언 발표를 한 뒤 포드 방한 분위기로 다음 날 오후 방면되고 나서 기자회견으로 우리의 운동은 계속된다는 것을 공표했다.

고 은 그로부터 40년에 이르는 한국현대문학 사상 가장 긴 지속의 문학운동이 민족문학작가회의 그리고 한국작가회의로의 발전에 이르렀다 하겠네.

김형수 실로 감개무량한 한 페이지가 아닐 수 없습니다. 선생님 개인사에도 기념비이지만 우리 모국어의 역사에도 큰 기념비가 될 것 같아요. 그런데 그날을 시련의 종점이 아니라 출발지라 할 수밖에 없는데요?

고 은 이 과정의 시련과 고초야 따로 언급해야 하거니와 처음에는 마치 유목 떼거리 모양으로 이 사무실 저 사무실 드나들면서 내 손주머니와 이문구, 박태순의 서랍에 협의회 추진 업무 사안들이 들어 있었어. 회비도 딴 호주머니의 공금으로 아끼고 있었지. 자실 후기인 70년대 후반 80년대 중반에는 내 에세이집이 베스트셀러가 된 덕도 보았지. 우리 집이야 민청학련 사건의 청년 남녀들 숙식처이고 술집이고 또 조직체 설립 장소이고 농성장이고 추모식장이기도 했어. 김치 80포기를 담아서 그것이 반찬이고 찌개감이었지.

김형수 『우주의 사투리』에서 읽었던 문장이 떠오릅니다. "1970년대의 나는 이렇게 한 개인의 밤에서 시대의 어둠으로 옮겨감으로써 어느덧 그 앞장에 서 있었다." 이제 이 단체가 '시대의 어둠' 속에서 행했던 일을 말씀해주실 차례예요.

고 은 그러다가 70년대 후기에 이르러서 《창비》나 그 당시의 재야 종합지 《대화》말고 자실 자체의 기관지 탄생이 요청되었어. 하지만 등록허가제의 정기 간행물이나 허가제 출판사의 실정으로는 엄두도 낼 수 없었는데, 내 친구 최정호로부터 독일에는 잡지와 책의 합성인 매거진 북의 '무크(Mook)'가 부정기간행의 잡지 형식으로 나온다는 말을 들었어. 환호작약했지. 사실인즉 그 무렵 창비 등은 그 진영대로 탄압과 온갖 불이익의 정치 환경 속에서 자신을 지켜내기에 힘겨웠고 이런 과정에서 창비의 관념성도 내보이는 경우가 없지 않았지. 자실은 자실대로 야전성이나 즉각성 때문에 문학 내적인 자기승화의 겨를이 허용되지 않았어. 여기 있다가 저기 있어야 하고 이 협곡에 도사리고 있다가 저 능선으로 올라서야 하는 숨 막히는 출몰의 유격전이라 어떻게 서재에서의 지적 침전이 가능했겠어. 그래서 내 산문집이 장기 베스트셀러가 되었던 출판사 전예원에서 《실천문학》을 내기로 합의했어. 출판사 대표가 동아투위의 한 사람인 김진홍이었어.

김형수 이름을 외워둘 분이 많네요. 언론 출판의 자유가 그토록 위축되었던 시절에 전위적인 형식으로서 '무크(부정기간행물)'를 상상할 수 있게 해준 최정호 선생님, 또 《실천문학》 창간호를 출간한 전예원의 김진홍 선생님. 사실 《실천문학》은 창간될 때 제호부터 아주 독보적인 저항의지를 드러내고 있었습니다.

고 은　그 당시 '자유실천'이라는 저항문학의 명제는 70년대 전기의 '자유'로부터 그 후기의 '실천'으로 변별되어서 자유라는 고전적인 가치보다 좀 더 적극적인 '실천'의 의미를 내세우는 우리들의 당위가 생겨났다네. 더구나 그 무렵은 라틴아메리카 민중사상에서의 '프락시스' 운동의 풍문도 어느 정도 내 의식에 자극을 주고 있었지. 이것은 문학의 사회 이입에서 작가가 민중으로부터 얻고 민중이 작가로부터 얻는 그 동시 상호촉발의 페다고지를 '실천' 쌍방향성으로 내세우게 했어. 사실 그 당시 나는 민주화운동이나 문학운동과는 별도로 노동운동에도 발 디디기 시작했는데, 이제 작가가 일천만 노동자의 대변자이기보다 노동자 속에서 문학이 출현하도록 하는 노동자 즉 작가라는 등식을 꿈꾸었어. 실제로 월간 《대화》지를 통해 노동자 수기를 주목하게 되기도 했어.

김형수　아, 《대화》지도 정말 오랜만에 듣습니다. 그런 책들이 저희에게는 인문학적 유아기의 모유 같았습니다. 그 가슴

뜨거운 온기라니! 그러나 감탄만 하고 지나갈 수 없는 게, 당시 선생님이 노동자들과 시로 소통한다는 소문이 있었습니다. 저희 세대가 5·18을 겪고 나서 두고두고 되새김질하던 무용담이었습니다.

고 은 이런 과정에서 나는 유신정권 말기의 YH 노조 사건 배후 조종으로 '국가보위법 위반'이란 혐의를 씌워 다시 감옥에 가게 되었어. 이 사건이 우리와 야당 총재 김영삼과의 합의로 신민당사 YH 노조 농성으로 나아가자 박 정권은 김영삼 제명이라는 강수를 쓰고 그것이 부마항쟁으로 이어져 대통령 암살이라는 종말에 이르게 됐지.

김형수 선생님께서 직접 공장지대에 접근하여 야간 노동학교 교장을 하신 게 이때인 거지요?

고 은 70년대 후반기의 나는 나 자신을 제어할 장치가 없는 듯이 활동영역이 전방위적으로 확대되었어. 왜 그랬는지 모를 지경이었지. 문단, 재야, 그리고 노동운동 그 어디에도 가 있었어. 영등포 도시 산업선교의 지하실을 빌려서 노동학교를 차린 것도 그때였지, 내가 마침 YH사건 직전 카터 방한 반대 시위를 주도하다가 붙잡혀가 시민 불복종 운동의 하나로 진술 거부를 하다가 고문을 당해 고막이 파열된 상태였어. 그런데 또 다른 사건인 YH 사건으로 투옥되었지. 박정희 사망 이후에야 병보석으로 나올 수 있었어.

김형수 그때까지는 《실천문학》이 시중에 나와 있지 않았던 것 같습니다. 왜냐하면 제가 그 창간호를 읽던 중에 5·18을 맞았거든요. 출간 시기가 정확히 언제쯤일까요?

고 은 이른바 '서울의 봄' 시대인데 그 신군부에 의한 계엄치하에서 그 봄은 겨울의 다른 이름이었지. 이런 사정으로 《실천문학》은 1979년 창간이 되지 못하고 있다가 1980년에야 내가 감옥에서 나온 뒤 창간하게 되는데 창간사도 쓸 수 없었어. 왜냐하면 서울 시청의 출판물 검열을 계엄군 사령부에서 나온 장교들이 맡고 있어서였어. 내 「벽시」 작자의 이름도 그래서 무단(舞丹)이라는 가명을 붙였어. 애초의 의도대로 만들 수 없는 응급 창간이었던 셈이지. 그때 내가 표지 색깔을 주황색으로 한 것도 다른 문학 세력들은 빨갱이에 가까운 색이라 해서 비난했지.

김형수 가명도 '붉은 춤'이라는 뜻이라 검열관이 기겁을 했을 것 같습니다.

고 은　이렇게 해서 실천문학이 나와서 부정기 간행의 곡절을 거쳐 실천문학사가 설립되지. 이문구가 운영을 맡아서 큰 고생을 했어. 이 설립은 또한 백낙청의 냉철한 판단이 또 하나의 시대적 대응의 문학운동을 조직적이고 지속적이도록 유도해낸 것이기도 해.

김형수　백낙청 선생님은 창작과비평을 지키기도 힘들었던 때인데……. 그렇게 바쁘게 헌신했던 세대가 그 숨 막히는 와중에도 줄기차게 작품을 남겼다는 사실이 자못 놀랍습니다.

고 은　오늘에 이르는 우리 문학운동 40년의 역정이야 온갖 피와 눈물이 범벅 된 것이지만 이것이 한국현대문학사에서의 문학적 성취로서의 보편성 실현과 현실에의 문학적 자기 구현을 이루어 낸 사실은 다른 나라의 경우에도 찾아보기 어려운 사례이겠지. 자유실천문인협의회, 민족문학작가회의 그리고 오늘의 한국작가회의는 그 특수성을 통한 보편성 획득의 긍지가 뜨겁게 살아 있다고 믿고 있네. 문학이란 해답에 들어있지 않고 문제로 달려오는 가치의 실현이라고 한다면, 이 문학운동의 공동체는 이후의 40년을 더해야 하겠네. 왜냐하면 우리 문학과 실천의 자취가 아무리 찬란하다 하더라도 그것의 미래에 반영되지 않는다면 하나의 추모 서사가 되고 말겠지. 그래서 이제까지의 진실조차도 한낱 가설이라는 영점에 서서 우리의 나아갈 출발점으로 삼아야 하겠네. 40년을 위한 소주, 40년의 미래를 위한 소주로 2차까지 가 보세나.

김형수 이미 지나온 자리에서 젊은 날을 회고하듯이 아스라이 돌아보기는 쉽지만 그러한 시대를 정작 현실로 마주하고 있을 때는 곤혹스러웠을 일이 한두 가지가 아니었으리라 봅니다. 제일 어려운 난관은 무엇이었습니까?

고 은 한 가지 지적할 것이 있는데 자실이나 작가회의의 세월에 내 삶의 부침도 함께 했다는 점이네. 특히 자실 내내 운영 경비는 약간의 회비 말고는 대책이 없었다네. 70년대 후기 이런 사정을 간파해서 해외 기독교 후원금이 들어오기도 했는데, 우리에게는 그런 경로와 달리 후원의 뜻이 닿아왔지. 이건 자실에서는 아무도 모른 일이었네. 실지로 그 당시 독일문화원장(괴테 하우스)은 한국 민주화운동에 깊이 공감했고 나의 문학운동도 물질적으로 지원하고자 했는데 내가 사절했어. 그 대신 서양 술은 여러 번 받아서 백기완이랑 마셔버렸지. 또 이화여대 교수 이효재를 통해서 미국 쪽의 후원금이나 재미교포의 각출금이 오는 것도 무척이나 경계했어. 그 무렵 민주화운동의 국내외에 걸친 원로 인사인 목사 김재준이 어쩌다 캐나다의 한 지원 자금을 받은 것이 정보부 당국에 포착되어 북괴 자금 운운의 혐의로 무척 고초를 겪은 적이 있었는데 그런 사태에 나도 과민했던 것이라네. 또 그때 막 문화계를 어용화 할 의도로 생겨난 문예진흥 기구를 통해 나에게 거액을 지원하겠다는 정보부 2국의 종용이 계속되었어. 지금이야 생각이 바뀌어 국민이 낸 세금이므로 응당 받아서 문학의 공금으로 활용할 명분이 컸으나, 그 당시는 그런 돈이 박정희 유신의 돈이라고 단정하는 결벽이 바뀌지지 않았지. 뒷날 작가회의의 지원금을 볼모로 이명박 정권의 예술위가 투항 조건부를 내걸었을 때 총회장에서 최일남이 그까짓 거 아예 받지 말자는 통쾌한 발언을 했는데 그때 나 역시 지난날의 결벽이 떠올랐지.

김형수　대단하십니다. 그리고 감사합니다. 그런데 그러려면 재정문제로 겪을 고통이 클 수밖에 없었을 텐데요?

고 은　다행히 내 인세 지불의 출판사 세무감사, 내 글 실어주는 잡지사의 정보부 출입 등으로 내 문학 수입이 줄어드는 형편인데도, 시집과 산문집이 제법 오래 팔려서 그 인세의 일부를 자실 경비로 충당했어. 이런 습관은 70년대 말 내가 노동운동에 투신했을 때 술 담배도 끊고 내 돈으로 노동학교 강사들의 거마비를 충당한 것으로도 이어졌어. 그런데 이런 모든 나의 사적인 것의 공적인 이행은 내가 독신 생활자였기 때문에 가능했던 것이네. 만약 나에게 처자가 있었다면 어떻게 내 집이 수많은 사람의 거처가 되고 농성장이 되고 술집 밥집 노릇을 할 수 있었겠는가.

김형수 그런 이야기들은 1980년대 세대가 등단할 때 이미 신화이자 전설로 회자되고 있었습니다. 아쉬운 것은 너무나 가파른 시대를 격류처럼 굽이쳐 흐르던 때라 선배세대에 대한 예의를 갖출 겨를이 없었다는 점입니다. 다만 새 하늘을 여는 듯이 소란스럽게 굴던 저희들의 입에서도 '7, 80년대 정신'이라는 용어가 언제나 하나로 묶일 만큼 한 몸 한 정신임을 느끼고 있었으니 훗날 선배세대와 냉정하게 선을 긋던 풍조와는 좀 달랐다고 말하고 싶습니다.

고 은 하나 지적하고 싶은 것은 소위 진보진영의 탁상이론들이네. 우리가 70년대 80년대 이루어 온 민주화 과정의 상당한 진전들을 그 실체나 실상에의 체온으로 접근한 분석이 아니라, 저 서구 담론을 그대로 직역한 사회 경제적 관점이라는 것으로 유신 중단의 의미를 급조하고 그 과시적 성장 이론을 관념화하는 작태를 보였던 사실을 나는 문학의 한 반이론적인 직설로 타도해 마지않았다네. 그래서 80년대 사회 구성체 이론에도 짜증투성이었네. 친구 박현채와의 질긴 우애도 그의 난해 경직의 민중 경제론과는 별도의 것이었다네.

김형수　저는 골수의 문청이었음에도 불구하고, 마치 사회과학의 식민지가 되기를 자처하듯이 조급한 관념적인 흐름에 말려 들어간 한 사람으로서 여러 가지 돌아보아지는 일들이 많습니다. 그 미숙함은 지금에 와서 많이 부끄럽지만 한편으로는 영원히 놓치지 말아야 할 치열성의 한 발로였던 측면도 버릴 수 없습니다. 이제 이 단체의 미래를 이끌어갈 새로운 주역들에게도 한 말씀 해주셨으면 합니다.

고 은　없네. 지금은 21세기라는 것, 이전보다 훨씬 복잡사회라는 것들을 깨달을수록 이 시대의 아이는 이 시대의 울음을 울어야 한다고 생각해. 단 하나를 지적하고 싶네. 언어에의 책임 말이네. 이게 무척 어렵다네. 언어는 늘 위험하다네.

김형수　다시금 감탄하지 않을 수 없습니다. 바쁘신데 시간 내주셔서 감사합니다.

고은 깊은 곳

2017년 9월 28일 초판 1쇄 펴냄

지은이 고은, 김형수 | **펴낸이** 김재범 | **편집장** 김형욱
편집 신아름 | **관리** 강초민, 홍희표 | **디자인** 나루기획
인쇄·제본 AP프린팅 | **종이** 한솔 PNS

펴낸곳 (주)아시아 | **출판등록** 2006년 1월 27일 | **등록번호** 제406-2006-000004호
전화 02-821-5055 | **팩스** 02-821-5057
주소 경기도 파주시 회동길 445(서울 사무소: 서울시 동작구 서달로 161-1 3층)
이메일 bookasia@hanmail.net | **홈페이지** www.bookasia.org
페이스북 www.facebook.com/asiapublishers

ISBN 979-11-5662-318-2 03810

* 값은 뒤표지에 표시되어 있습니다.

이 도서의 국립중앙도서관 출판시도서목록(CIP)은 서지정보유통지원시스템 홈페이지
(http://seoji.nl.go.kr)와 국가자료공동목록시스템(http://www.nl.go.kr/kolisnet)에서
이용하실 수 있습니다. (CIP제어번호 : CIP2017016815)